Valérie Zenatti est née à Nice en 1970. Traductrice des ouvrages d'Aharon Appelfeld, elle est aussi auteur de livres pour la jeunesse. *En retard pour la guerre*, son premier roman, a été adapté au cinéma sous le titre *Ultimatum* par Alain Tasma.

DU MÊME AUTEUR

En retard pour la guerre
Éditions de l'Olivier, 2006
repris sous le titre
Ultimatum
« Points », n° P2041

Valérie Zenatti

LES ÂMES SŒURS

ROMAN

Éditions de l'Olivier

TEXTE INTÉGRAL

ISBN 978-2-7578-2170-1
(ISBN 978-2-87929-696-8, 1re publication)

Je viens chez vous pour parler de lui. J'ai besoin de raconter cette histoire à quelqu'un. Je ne peux plus vivre seule avec.

Je suis passée devant cet immeuble la semaine dernière, j'ai vu votre nom. Il résonne bien. J'ai su que ce serait vous. Que ce serait à vous que je confierais le bonheur infini d'avoir connu Malik, de l'avoir aimé et d'avoir été aimée de lui.

C'était il y a un an. Le 23 novembre.

Je venais d'emménager dans mon nouvel appartement, pas loin d'ici, rue Dupetit-Thouars. Le plafond s'est mis à goutter sur mes cartons. Un dégât des eaux banal, mais pour moi, un désastre. L'idée des papiers à remplir ou des travaux à faire me donne envie de fuir. C'est comme ça. Le courrier administratif m'épuise, tout ce qui ne m'intéresse pas me semble au-dessus de mes forces. Pour le reste, j'ai énormément d'énergie.

J'ai sonné à la porte située exactement au-dessus de la mienne. Un coup bref et timide, comme si je craignais de réveiller un bébé. (Je déteste aussi qu'on sonne à ma porte. Une sonnerie, c'est comme un reproche, au minimum. Ou une menace.) Je sens encore sous mon index le bouton de la sonnette, peut-être parce que ç'a été la dernière sensation avant ma vie avec Malik. Et il a ouvert la porte.

Il était. Je ne sais pas comment dire, je ne trouve pas les mots.

Ce n'est pas facile.

Je vais essayer quand même.

Nous étions face à face, avec la conviction intime et fulgurante que ce n'était pas la première fois.

Il a coupé l'eau et m'a dit Venez, on va parler de tout ça en bas, et je me ferai pardonner, n'est-ce pas que vous allez me pardonner ?

Je me souviens d'un café très amer que je me suis forcée à boire. Il faudrait que je calcule le nombre de verres ou de tasses que je bois pour me donner une contenance, de cigarettes que je fume – d'ailleurs, ça vous ennuie si je fume ? merci, vous en voulez une ? – voilà, il y a des gestes comme ça que je fais pour ne pas me sentir démunie dès que quelqu'un pose les yeux sur moi.

Dès que quelqu'un posait les yeux sur moi, en fait.

Il a laissé quelques pièces sur la table. A glissé vers le tutoiement. Il a dit Viens, le café est imbuvable ici. Si tu as du temps, on marche un peu et on va se poser ailleurs.

Nous avons marché. De temps en temps son bras frôlait le mien, ou mon corps penchait vers le sien au lieu de marcher tout droit, sur une ligne parallèle à la sienne. Je murmurais Pardon je suis désolée.

Comme si je le brûlais. Je me sentais bête de demander pardon à tout bout de champ, mais lui n'avait pas l'air de trouver ça stupide, il marchait à mes côtés comme un ami intime, un confident. Il m'a posé des questions sur moi. Ce que je faisais. D'où je venais. J'avais l'impression de jouer un rôle en répondant. Mes phrases sonnaient faux, un peu comme si j'étais en train de me présenter à mes propres parents. Je pensais à moi dans ses bras. Au contact de ma peau contre la sienne. Mes lèvres dans son cou. Nos yeux, nos mains. Ça me semblait le seul langage possible. Je balbutiais des réponses, lui renvoyais ses questions. Il enseignait dans un lycée. Il parlait de son métier avec flamme, il disait Tu vois, les gamins, il faut leur raconter des histoires, il faut leur faire sentir dans les tripes les enjeux de ce que tu leur enseignes.

Ses mains dessinaient dans l'espace des angles vifs qui m'évoquaient le vol des hirondelles. Cette semaine-là, il donnait un cours sur la Première Guerre mondiale. Il commençait par raconter « La légende de la troisième colombe », la nouvelle de Zweig, vous la connaissez ? Non ? Vous vous souvenez, après le Déluge, dans la Bible, il est dit que Noé envoya une première colombe qui revint aussitôt vers l'arche car les eaux recouvraient encore toute la terre. La seconde revint avec un rameau d'olivier, car les eaux commençaient à baisser. La troisième ne revint pas. Noé en conclut qu'elle avait trouvé où se poser et que la Terre était de nouveau habitable. Zweig nous raconte le destin de cette colombe. Son ivresse lorsqu'elle survola la

Terre, aussi magnifique et neuve qu'au sixième jour de la Création. Elle vola deux jours, le regard plein de félicité. Puis elle s'alourdit et se blottit au sein d'un fourré pour se reposer. Elle s'endormit. Le temps passa sur elle sans compter. On dit que les animaux – un couple de chaque espèce – ayant survécu au Déluge sont immortels. Ils nichent, invisibles, dans les replis inexplorés du manteau terrestre, comme cette colombe dans les profondeurs de la forêt. Un jour, la colombe fut réveillée par des bruits de tonnerre, et par un grand incendie. Elle s'envola pour chercher refuge ailleurs, mais partout ce n'était que mort et destruction. La Grande Guerre. Et la troisième colombe erre toujours, entre ciel et terre, désemparée.

Malik semblait si triste pour la colombe, si proche d'elle. Sa voix s'était faite incroyablement douce sur les mots « entre ciel et terre, désemparée ». Et puis il s'était ressaisi pour dire Je finis le cours avec Apollinaire. Je détache chacune des syllabes comme si c'étaient des balles et je les regarde un à un dans les yeux, mes élèves. Les obus miaulaient un amour à mourir/ Un amour qui se meurt est plus doux que les autres/ Ton souffle nage au fleuve où le sang va tarir/ Les obus miaulaient/ Entends chanter les nôtres/ Pourpre amour salué par ceux qui vont périr.

Nous avions peu à peu ralenti notre pas. Quand il déclama le poème, nous nous étions arrêtés. Sa voix, ses mots entraient en moi et faisaient couler sa vie dans la mienne, comme les sangs mêlés des pactes d'enfance. Je tremblais. J'éprouvais un bonheur violent d'être aux côtés de cet homme, une tension raidissait tous mes membres. Il y eut un silence après Pourpre amour salué par ceux qui vont périr. Les mots se sont immobilisés entre nous, graves, et je n'ose même pas dire prémonitoires, et puis nous avons souri en même temps, nous avons bougé de quelques centimètres vers l'avant en même temps. J'étais dans ses bras. J'ai ressenti une émotion inédite, ou très ancienne. Je me sentais à la fois pleine de désir et consolée. Oui. Incroyablement consolée. Je ne sais pas de quoi exactement, mais c'était là.

Emmanuelle leva les yeux du livre. Le lecteur DVD indiquait minuit dix. La façade de l'immeuble d'en face était entièrement sombre, celle d'à côté ne comptait que deux fenêtres éclairées.

Un salon et une chambre à coucher, si elle distinguait bien.

Enveloppée par l'obscurité et le silence de la nuit, elle avait le sentiment de revenir à elle. On cessait de bourdonner à son approche pour lui réclamer mille et une choses. Son esprit endolori pouvait enfin se détendre.

Elle aurait dû tomber de sommeil. Elle aurait même dû dormir profondément si elle avait accepté de s'abandonner à l'engourdissement qui l'avait saisie vers 22 heures, une fois les enfants enfin couchés. (Gary avait eu mal au ventre, puis très mal au ventre. Sarah avait eu soif, puis faim, puis envie de faire pipi, puis peur de quelque chose, du loup ou de ses jouets qui allaient se transformer en monstres. Et il y avait quelque chose de très important qu'elle avait oublié de lui dire : elle l'aimait jusqu'à l'infini, Oui, maman, je t'aime depuis avant que la Terre existe et jusqu'au bout de l'univers, après il n'y a rien, personne ne peut t'aimer plus que moi. Tim s'était réveillé, il avait agité les bras, les jambes, tout son corps pour pleurer. Il s'était débattu au contact de la tétine plantée entre ses lèvres, elle avait appuyé fermement, jusqu'à ce qu'il comprenne que sa détermination était inébranlable, qu'elle ne pouvait pas le prendre dans ses bras maintenant et le rassurer, il fallait qu'il se débrouille tout seul.

Il s'était rendormi aussi sec.)

Elle avait promis à Sarah d'aller la chercher à l'école le lendemain avec son vélo si elle s'endormait très vite et elle était sortie sur la pointe des pieds, persuadée – malgré des années à désirer que la vie soit logique, cartésienne, explicable scientifiquement en tout point – que plus elle se faisait légère et respirait doucement, moins les enfants résistaient au sommeil.

Au salon, Elias regardait une série américaine où un homme au front soucieux sauvait dix fois Los Angeles en vingt-quatre heures. Parfois, il sauvait même la moitié de la population d'Amérique du Nord sur laquelle une bombe atomique venait d'être larguée. Lorsque la silhouette de sa femme était entrée dans son champ de vision, Elias avait levé la main machinalement, pour barrer la route à toute parole qui lui aurait fait perdre le fil de l'action. Il n'avait pas tort. En quelques secondes, des trahisons inenvisageables pouvaient se produire, une découverte ahurissante pouvait avoir lieu, indiquant que la bombe atomique n'était qu'une entrée en matière et qu'un plan dix fois plus terrifiant était déjà mis en œuvre. Emmanuelle avait battu en retraite vers la cuisine. Face à l'amoncellement de vaisselle, aux traces de sauce qui barbouillaient les assiettes, aux verres imprimés de marques grasses, aux miettes, aux épluchures, aux couverts souillés et aux serviettes en boule, elle pensait chaque fois C'est un chaos insurmontable, et ces mots l'accablaient avant de l'aiguillonner dans la minute même, faisant surgir en elle des flots d'énergie qui guidaient ses gestes : vider les assiettes dans la poubelle, les rincer, ranger l'huile, le sel, le beurre qui traînaient, classer assiettes et couverts dans les bacs de la machine prévus à cet effet, passer une éponge sur le plan de travail, traquer les miettes, les éclaboussures, ôter au passage une tache sur le frigidaire, sur la porte du four, frotter, frotter, FROTTER.

La pièce retrouvait sa quiétude. Les ultimes traces de sa défaite passagère effacées, elle pouvait éteindre le plafonnier, allumer l'halogène au-dessus de l'évier, repousser la tige d'une violette dans le vase qui côtoyait la corbeille à pain et contempler la douceur qu'elle avait recréée, petit miracle renouvelé après chaque repas. À peu près sept cents fois par an, avait-elle un jour calculé, sans pouvoir déterminer si elle devait en être fière ou atterrée. Mais à la contemplation satisfaite du prodige se mêlait un pincement acide : elle n'avait pas inculqué aux siens la manière de débarrasser une table avec grâce et méthode, elle ignorait toujours comment vivre en harmonie avec les objets, les vêtements, la nourriture, comment attribuer à chaque chose une place fixe, naturelle et admise de tous.

Le visage de son amie Éva flotta dans la pièce pour répondre silencieusement, dans un sourire poudré et bienveillant, que oui, c'était possible, bien sûr, ma chérie. Cela ne demandait aucun effort. Juste un peu de volonté. D'énergie. Un système à mettre en place une fois pour toutes. Bref, trois fois rien.

Viens te coucher.

Avait gémi Elias, mi-plaintif, mi-engageant.

Pas tout de suite. Dans cinq minutes.

Elle lui répondait ainsi de plus en plus souvent, comme aux enfants. Ces « cinq minutes » n'avaient aucun rapport avec leur durée réelle, avec une tâche à terminer avant d'en commencer une autre. Ces cinq minutes disaient surtout : Non, je n'ai pas envie de faire ce que tu me demandes, d'être auprès de toi, avec toi. Laisse-moi ma solitude, ma liberté.

Juste cinq minutes.

Le temps que l'enfant oublie. Que l'homme s'endorme.

Elle courait après les sursis.

Du temps où elle fumait, elle prétextait une cigarette, et chaque bouffée égrenait son temps libre, la fumée exhalée délimitait un espace infranchissable. Elle ne pouvait pas jouer aux petits chevaux et fumer, aider à résoudre un exercice de maths et fumer, faire l'amour et fumer.

Elle fumait beaucoup.

Et puis il y avait eu la maladie d'Héloïse.

Sa voix chantante, haut perchée, distinguée, qui lui avait confirmé au téléphone que oui. En effet. Mais j'ai confiance. J'ai confiance.

Sa silhouette élancée, sa démarche rapide, ses atermoiements. Pour un canapé, une robe, une invitation reçue, elle réclamait l'avis de tous ses amis avant d'opter pour son intuition première, puis de se demander avec anxiété si elle n'avait pas eu tort. Même à l'hôpital, le crâne lisse, les traits bouffis et la démarche titubante, elle avait traîné ses hésitations. Descendre ou pas à la cafétéria ? Prendre un thé ou un café ? À cette heure, était-ce bien raisonnable ? Et cette façon si élégante de se moquer d'elle-même. Je suis toujours aussi pénible, tu me connais. Pfft… C'est tout moi, ça. Mais peut-être la maladie va-t-elle me changer.

Après le choc du diagnostic, des traitements et de la métamorphose physique brutale, il y avait eu une rémission, au début de l'été. Héloïse avait quitté l'hôpital et passé quelques jours dans le Sud, chez une cousine. Un sourire à la fois résigné et moqueur avait éclairé son visage lorsqu'elle avait confié à Emmanuelle, Moi qui hésite d'habitude entre la Chine et le Vietnam, je vais devoir me contenter de Cannes ! Mais je ne me plains pas, ce sont des renoncements minuscules, n'est-ce pas. Et Emmanuelle, sans appétit devant son assiette de tomates mozzarella, avait approuvé en souriant elle aussi, tentant d'élaborer une phrase pour dire que l'an prochain, les grands voyages seraient de nouveau envisageables, tout en se rappelant, le cœur serré, qu'il leur avait fallu trente minutes pour descendre de l'appartement d'Héloïse jusqu'au restaurant, au lieu des dix habituelles.

Le matin même, un journal avait titré sur l'évolution du cancer en France et malgré quelques informations encourageantes une conclusion avait sauté aux yeux d'Emmanuelle : le cancer du poumon à petites cellules demeurait l'un des plus foudroyants, celui auquel environ neuf personnes sur dix ne survivaient pas, la première année suivant le diagnostic.

Dans la cuisine d'Héloïse, elle avait aperçu le journal posé sur un coin de table, entre une carafe et un pot à crayons.

Mais son amie la pressait déjà de questions sur Elias, sur les enfants, la voix pleine d'affection, si curieuse de cette vie de famille qu'elle n'avait pas eue et n'aurait pas, dont elle n'ignorait rien des tourments et des crises, des guerres larvées et des non-dits fichés dans la gorge tels des copeaux de bois, mais qu'elle savait aussi empreinte de couleurs vives et chatoyantes. Une vie si désirable. Emmanuelle répondait de son mieux, c'est-à-dire en essayant de doser les bonheurs – un spectacle de fin d'année, des projets de vacances – et les tracas – Gary avait de fréquentes disputes à l'école ces derniers temps, Tim enchaînait les rhino-pharyngites –, de façon à ce que rien dans ses phrases ne déborde de lumière, ne contraste trop violemment avec le combat monotone et épuisant que menait Héloïse. Mais elle n'y pouvait rien : chaque phrase, même prononcée avec retenue, presque à regret, faisait étinceler une réalité inaccessible pour son amie.

Et puis il y avait eu le début de l'hiver, et l'assaut final de la maladie.

Un après-midi de décembre, Emmanuelle était allée à l'hôpital, après ses achats de Noël. Elle avait posé ses paquets blancs et dorés qui la rassuraient et lui faisaient vaguement honte dans l'entrée de la chambre, avant de s'avancer vers Héloïse.

En train de partir doucement vers l'autre rive, selon les mots de son frère.

Elle respirait bruyamment, les yeux clos, la tête tournée sur le côté droit.

Emmanuelle avait caressé la main de son amie et lui avait parlé doucement. Elle avait commencé par donner des nouvelles d'Elias, qui venait de fêter ses quarante-deux ans et sur lequel le temps n'avait pas de prise, pas plus sur son physique que sur sa maturité ; elle avait parlé aussi de Gary qui semblait amoureux de sa nouvelle maîtresse, de Sarah qui avait déclaré, la veille, Je veux vivre la même journée deux fois dans ma vie, exactement la même journée où je ferai la même chose, je prononcerai les mêmes mots au même moment et même les nuages dans le ciel seront à la même place.

Emmanuelle s'était aperçue qu'elle parlait souvent un peu plus de Sarah que des deux garçons, alors elle avait aussitôt ajouté Et puis Tim ne fait pas encore ses nuits, on m'avait dit qu'avec le troisième tout serait simple, une lettre à la poste, que je m'apercevrais à peine de sa présence. Mais ce n'est pas le cas. Il y a peu de règles immuables dans la vie, n'est-ce pas.

Elle s'était tue, mal à l'aise de parler ainsi dans le vide, d'avoir le sentiment de ne s'adresser à personne alors qu'Héloïse était là. Elle ignorait s'il lui fallait rester encore dans cette pièce silencieuse où une femme de cinquante ans allait bientôt cesser de vivre. Elle se demandait si elle la fatiguait avec ses paroles futiles, tournées vers elle et les siens, si son amie, à quelques jours de sa mort, avait encore besoin de sa présence bavarde, mais soudain Héloïse avait ouvert des yeux fatigués et sa main à la peau froissée et sèche s'était agrippée à Emmanuelle, qui avait senti les mots se bousculer dans sa bouche comme un flot de billes transparentes, Héloïse, je suis là, je suis si heureuse de te voir, dis-moi, as-tu besoin de quelque chose ?

La tête d'Héloïse s'était redressée devant Emmanuelle qui tremblait, partagée entre une légère frayeur, le désarroi – devait-elle prévenir une infirmière, un médecin ? – et le bonheur de voir son amie s'animer et lui répondre de sa voix chantante Comment ? Besoin de quelque chose ? Non, merci. Vraiment. Rien. Merci.

Ses derniers mots.

Au retour de l'église après une cérémonie froide et austère durant laquelle le prêtre s'était trompé deux fois de prénom (Hélène, notre sœur qui va vers Dieu, avait-il répété, inconscient des pulsions meurtrières qu'il suscitait sous la nef), Gary avait contemplé les yeux brillants et le nez rouge de sa mère. Curieux. Cruel.

Papa m'a dit qu'Héloïse était morte d'un cancer. Tu jures d'arrêter de fumer, maman ?

Emmanuelle avait hoché la tête. N'avait rien juré, car elle se méfiait des serments, mais avait jeté son paquet à la poubelle en murmurant *Alea jacta est*.

Tu parles comme dans *Astérix*, avait relevé Gary.

Depuis la mort d'Héloïse, il avait fallu apprendre à remplacer « Attends, je fume une cigarette » par « Je dois passer un coup de fil ». Envoyer un mail. Débarrasser. Faire du courrier. Me démaquiller. Arroser les plantes. Préparer le pique-nique de Sarah pour demain, tu y as pensé, Elias ? Tu te souviens que le personnel de cantine est en grève et qu'il faut préparer un pique-nique ? Non ? Eh bien moi, si. Pourquoi je m'en souviens et pas toi ? Ou plutôt : Pourquoi je le sais et toi tu l'ignores ? Comment te débrouilles-tu pour échapper, la conscience tranquille, aux mille détails indispensables à la bonne marche de la vie quand on a des enfants ?

Et puis là, attends un moment, désolée. Je viens de commencer un livre. J'y suis bien.

En arrivant, j'ai vu ce rayon de soleil qui s'arrête juste devant votre porte. J'ai pensé à la façon dont ma perception de la lumière a changé avec Malik, avec l'éblouissement de notre rencontre. Une lumière rare avait jailli et donnait un nouveau relief à ce qui m'entourait, à la manière du givre ou d'une fine couche de neige qui souligne le dessin de chaque chose, même la plus infime.

Tout me semblait nimbé d'une lumière chaude et dorée, constituée de son odeur. C'est étrange de mêler la lumière et l'odeur, mais c'est ainsi. Pour moi, les deux sont associés.

Je ne crois pas vous avoir dit que je suis photographe.

J'en vis, comme on dit. Dans tous les sens du terme. Avant Malik, la photo était toute ma vie.

J'aurais tant aimé nous photographier en train de faire l'amour. Être celle qui fait l'amour avec Malik et celle qui capte les gestes de l'amour.

De l'amour et du sexe, si vous voulez, je ne suis pas prude.

La sensation est toujours là : le temps qui s'arrête,

le monde qui disparaît. Ou plutôt le temps et le monde qui se rassemblent et se condensent en lui et en moi.

Mais c'est trop abstrait, ça ne veut rien dire, même si vous hochez la tête.

C'est peut-être plus facile de parler de lui, simplement de lui. Il avait un corps souple, un corps de danseur. Il souriait souvent, sans raison particulière, c'était comme des guillemets au début et à la fin de ses phrases, ses yeux se mettaient à briller, son visage s'ouvrait. J'avais l'impression que son sourire se faufilait en ondulant dans mon corps comme une liane toute douce, se blottissait dans mon ventre et le fécondait pour donner naissance à mon propre sourire. Il avait une cicatrice de deux centimètres sur la pommette gauche. Il aimait le goût du cognac après l'amour. Il frottait son index droit replié au-dessus de sa lèvre lorsqu'il réfléchissait. Il avait les cheveux bouclés. Des yeux un peu enfoncés dans les orbites.

Une incisive ébréchée.

Dans son armoire quatre pantalons noirs, six polos noirs, trois pulls noirs.

Une voix rocailleuse. Non.

Rauque. Non.

Éraillée.

Non. Profonde.

Grave.

Tout ça mais pas seulement.

Je voudrais parvenir à décrire sa voix mais c'est impossible. Et même si j'en possédais un enregistrement, ce ne serait pas vraiment elle, il y aurait toujours cette tessiture froide de voix enregistrée, son souffle chaud qui manquerait.

Je passais presque toutes mes journées au lit, dans son studio, à lire, à écouter de la musique, à respirer les draps. J'avais à peine déballé mes affaires. Je ne faisais plus de photos, sauf de lui. J'attendais que le téléphone sonne, déclenchant une fièvre joyeuse. Il m'appelait dès qu'il sortait du lycée.

Allô, Lila ? Viens me rejoindre, je suis près du canal, dans une cabine, juste en face du McDo. Autour de moi il y a des clochards, des chiens, mais plus loin il y a une écluse et un homme qui dirige à distance un bateau à voile plus grand que toi, je suis sûr qu'il dirige sa vie avec la même aisance, j'aimerais que tu voies cet homme, Lila.

Allô, Lila ? Je suis en haut, sur la butte. Dans une cabine près du funiculaire. Autour de moi il y a des touristes et des ivrognes, des pigeons, une femme qui regarde un livre ouvert à la même page depuis vingt minutes. Des nuages noirs foncent vers nous. Il va y avoir un orage magnifique, tu viens le voir ?

Allô, Lila ? Je suis près de ce monument où la patrie a inscrit les noms de ceux qui sont morts pour elle. Je les ai lus à haute voix. Il y en a cinquante-trois. Des noms reviennent. Des frères, des cousins. J'essaie d'imaginer leurs vies. À partir d'un nom et d'un prénom, c'est possible, tu ne crois pas ? Antoine Cordier, tu l'imagines comment ? Taciturne, non ? Ils sont comme ça les Antoine.

Mais assez futés aussi. Un Antoine peut te surprendre, surgir avec un bouquet de fleurs au lieu d'une baguette de pain, annoncer qu'il quitte son travail, qu'il va partir avec sa belle pour le Sud. Il met du temps à se décider, mais lorsqu'il est persuadé qu'il a trouvé la bonne voie, il fonce. Viens me raconter la vie d'Antoine Cordier, ma Lila. Ou, si tu veux, on l'inventera ensemble.

Et je le rejoignais. Ç'aurait pu être tyrannique. C'était peut-être tyrannique. Qu'importe.

Il avait aussi trois taches de rousseur qui dessinaient un triangle isocèle d'un centimètre et demi de côté, là. Sur son plexus.

Une besace en tissu avec une tache d'encre dans un coin.

Un visage anguleux, des sourcils droits. Si je l'avais vu en photo, inanimé, je ne me serais peut-être pas arrêtée sur lui.

Mais dans son enveloppe de peau douce, dans son corps aux mouvements déliés, il m'avait engloutie.

Sa mort a été un trou noir qui a tout aspiré et je ne sais même plus si je suis vraiment là, moi.

Vous comprenez ?

Il y a quelque chose encore que je voudrais vous dire.

Malik, en arabe, ça signifie « roi ».

En hébreu, c'est presque pareil, c'est Melekh, mais personne ne s'appelle comme ça. C'est lui qui me l'a appris. Moi, je ne parle aucune de ces langues.

Malik était arabe et moi, je suis juive.

Ça n'avait aucune importance, cette question des origines, ou bien ça avait une importance fondamentale, je n'ai pas eu le temps de trancher.

Je voulais juste vous dire ça, ne me demandez pas pourquoi.

Je ne sais pas comment dire, je suis un peu nerveuse quand j'arrive ici, je ne sais jamais par quoi commencer. J'ai l'impression de tenir entre mes mains une boule lisse, un objet dont on ne peut déterminer où est le haut, le bas. Le début.

J'ai remarqué que je dis souvent ici « j'ai l'impression ».

Quand je pars, je me sens mieux pendant quelques minutes, je marche plus vite je crois, je respire amplement et j'ai parfois l'impression que Malik m'attend au coin de la rue, que je vais pouvoir lui raconter ce que je viens de vous confier, le bien que ça m'a fait de parler de lui, et puis non.

Je crois que l'ordre chronologique ne me sera d'aucun secours. Une vie se construit pas à pas, jour après jour, mais un portrait, c'est tout le contraire. Lorsque j'appuie sur le déclencheur de mon appareil, je raconte une histoire en commençant par la fin. Je saisis l'instant ultime, j'immobilise une microseconde du présent et ensuite seulement, en découvrant ce que j'ai saisi, je peux deviner ce que racontent les traces fixées sur le papier et tenter de remonter le cours d'une vie.

L'instant ultime, c'est le jour de sa mort.

Nous avions rendez-vous après ses cours, dans un café, place de la Contrescarpe.

Le matin même, il a murmuré dans mon oreille Aujourd'hui, je vais te montrer quelque chose, en caressant mon visage d'un doigt, puis de toute la main, et des deux mains.

Nous nous sommes embrassés quand il est sorti de la douche, et tandis qu'il s'habillait, puis vérifiait ses affaires dans sa sacoche. Je l'ai retenu sur le pas de la porte, longuement, comme chaque matin depuis trois semaines. La journée allait s'écouler, bercée par des vagues de manque et d'euphorie à la pensée de son existence, de nos retrouvailles, ce moment où je l'apercevrais, arrivant de son pas rapide, me cherchant du regard à une table du café, et j'attendais comme un cadeau la lueur qui s'allumerait dans ses yeux lorsqu'il me distinguerait.

Mais ce jour-là, place de la Contrescarpe, il ne venait pas.

Les premières minutes de retard m'ont paru supportables. Je regardais à droite, à gauche, redressée sur mon siège. J'essayais de deviner l'endroit précis où il surgirait : derrière un couple d'une cinquantaine d'années qui se tenait par la main en venant vers moi. Tous deux grands, éclatants de santé, vêtus de matières douces et souples, dans des tons beige et caramel. Un de ces couples dont vous vous dites immédiatement : comme ils sont bien assortis ! avec le sentiment qu'ils sont tous deux exactement au même endroit de leur vie, en harmonie.

J'avais la bouche sèche, mais je n'osais rien commander. C'était bête de déranger le serveur deux fois, puisque Malik n'allait pas tarder.

Le couple s'est assis à une table de moi. Ils ont commandé deux verres de vin blanc.

En tendant l'oreille j'ai compris que la femme s'appelait Bénédicte. Elle avait sorti une feuille de son sac et traçait les lignes d'un plan. Là, on pourrait casser le mur et faire une grande pièce et ici, en revanche, on élèverait une cloison pour ton bureau. Il donnerait sur la cour, ce serait bien, non ?

Sa voix était posée, claire, assurée. Les lieux qu'elle décrivait semblaient avoir été faits pour elle. Ou plutôt elle y trouvait sa place naturellement, avec son amoureux.

Ils étaient amoureux et n'avaient pas d'enfants, j'en étais certaine. Il y avait entre eux une attirance très forte et une complicité manifeste, pas d'agacement, de renoncement, de gestes mécaniques ou d'inquiétude irrationnelle, comme ce qui émane souvent des couples devenus parents.

Je ne dis pas ça d'expérience, mais je devine ce que racontent les traits, les gestes, les positions des corps. Je sais que j'ai ce regard. Sur les autres, bien sûr.

J'ai oublié Malik pendant quelques minutes. Mais soudain tout s'est assombri et la poudre de lumière qui transfigurait le monde depuis notre rencontre s'est dispersée.

Trente minutes, une heure.

J'ai essayé de me mentir, de penser que je m'étais trompée de lieu, d'horaire. Mais je savais que je ne m'étais pas trompée. Qu'il n'y avait pas de malentendu.

Un malheur s'était produit, et cette certitude était comme un poison amer qui se répandait dans mes veines en m'affaiblissant de minute en minute. J'avais un goût de carton dans la bouche. Un nœud dans la poitrine.

Le couple était parti sans que je m'en aperçoive. Sur leur table, il restait une coupelle avec de la monnaie, et les verres aux reflets déjà poisseux, serrés l'un contre l'autre. Celui de la femme était gansé de traces bois de rose.

Le serveur avait renoncé à me demander si je désirais quelque chose, en attendant. Il passait près de moi en regardant ostensiblement ailleurs. Il débarrassa la table du couple avec des gestes brusques qui me mirent les larmes aux yeux.

Et là, je ne sais pas ce qui m'a pris. Au lieu de me lever et de partir à sa recherche, j'ai levé la main et commandé un café.

Je l'ai bu, lentement, dans la nuit tombante. Vidée de toute pensée ou émotion. Sans passé, sans avenir, mais pas dans le présent non plus. Je crois que pendant ce temps où j'ai vidé ma tasse, je n'ai pas eu d'existence.

En venant, j'ai croisé des sœurs jumelles d'au moins soixante-dix ans. Même taille, très minces, presque maigres, même coiffure – des cheveux teints en roux, crêpés. Elles portaient le même vêtement moulant imprimé léopard. Une vision baroque au milieu d'une rue plutôt terne. Je les ai prises discrètement en photo, de dos. J'aime prendre les gens ainsi, ils se livrent autrement. Je saisis leur vulnérabilité, la partie d'eux-mêmes qu'ils ne peuvent pas contrôler, qu'ils ne voient jamais. Ils ne peuvent pas tricher, c'est reposant, même si je suis touchée par ce que la plupart essaient de donner lorsque l'objectif est pointé sur eux. Les voir tendus vers cet idéal d'eux-mêmes qu'ils se sont forgé, c'est… comique et bouleversant.

Tenez. C'est une photo de Malik, ma préférée. Je l'ai prise le jour de sa mort. Il fouillait dans sa sacoche à la recherche de ses clés. Je faisais semblant de jouer avec mon appareil. C'était la seule façon de le prendre. Il n'était pas du genre à s'abandonner devant l'objectif.

J'avais envie de vous la montrer, comme ça.

Je n'ai pas vu son corps… mort.

Au retour de la place de la Contrescarpe, je n'ai pas osé aller chez lui, je suis rentrée chez moi. Je suis restée recroquevillée toute la nuit dans mon lit à claquer des dents, pleine de sanglots secs et de terreur, à guetter désespérément des pas dans l'escalier, un bruit au-dessus de ma tête.

Je n'ai même pas appelé tous les hôpitaux de la ville, comme on fait dans ces cas-là. Ou comme je suppose qu'on doit faire.

Je ne sais plus comment les choses se sont enchaînées. Au troisième jour de sa disparition, j'ai entendu du bruit dans son studio, de l'agitation, des voix. Je suis montée sur la pointe des pieds, comme une petite fille qui se relève la nuit pour épier les adultes, en désirant et redoutant à la fois de découvrir leur secret. La porte était ouverte. Un tout jeune homme était en train de ranger les affaires de Malik avec deux femmes plus âgées que moi. Je me suis présentée, j'ai demandé s'il était arrivé quelque chose. Ils m'ont dit C'est un drame terrible, notre frère Malik a été fauché par une moto, il est mort sur le coup. L'enterrement a lieu cet après-midi. On enterre vite, chez nous.

La sœur la plus âgée m'a demandé si je le connaissais bien. J'ai dit Oui, comme de bons voisins. Et puis je me suis reprise, j'ai dit que nous étions devenus amis et que, si cela ne les dérangeait pas, je voulais assister aux obsèques.

Je n'aime pas ce mot, mais il me semblait plus approprié qu'« enterrement » ou « funérailles », très pompeux, quand même.

Les deux sœurs se sont regardées. Le frère a répondu Oui, bien sûr, c'est à 15 heures, je vais vous donner l'adresse.

Le pire, ce qui m'a fait si mal, là-bas, devant sa tombe, tandis que des mottes de terre éclaboussaient son cercueil, c'est que personne ne savait quelle place il avait prise dans ma vie et quelle place j'avais occupée dans la sienne. C'était leur fils, c'était leur frère, mais ils n'avaient jamais vu son visage pendant l'amour. En le pleurant comme ils le faisaient, dans une douleur étrangère à la mienne, ils me volaient un peu Malik.

Je dors si mal depuis. Le soir, je tourne en rond, je bois un verre de cognac, j'allume la télé, je regarde n'importe quoi, je n'arrive pas à me concentrer sur un livre, alors je me rabats sur les documentaires animaliers. J'en ai vu un sur les zèbres, avant-hier. J'ai retenu que, de tous les animaux, ils étaient ceux qui tenaient le plus à la paix sociale. J'aime les voix qui commentent les documentaires animaliers, leur ton familier, leur façon de prononcer « l'oryx » ou « le renard des sables du Sahara » comme si elles en côtoyaient tous les jours. Bref. Je m'abrutis devant la télé puis je plonge dans un demi-sommeil une bonne partie de la nuit. Une armée d'ombres déferle dans ma chambre, murmurant des paroles inaudibles et m'effleurant de leurs manches amples et vaporeuses. Il me semble qu'elles parlent une langue étrangère et puis tout s'articule, tout prend sens et devient très net, très important, mais au moment où leurs phrases se relient les unes aux autres tout se mélange à nouveau, s'assourdit, et je m'endors, juste avant l'aube.

Au réveil, je ne me souviens de rien. Pas d'un mot prononcé.

Emmanuelle frissonna, ferma le livre et le serra contre elle. Son regard glissa sur les objets qui l'entouraient, la table basse du salon, les baskets de Gary, l'une sous la table, l'autre près de la télé. (Pourquoi là ? pourquoi avait-il ôté ses chaussures là ? pourquoi – question obsédante, lancinante, appelant désespérément une réponse – les journaux, le courrier, les écouteurs des baladeurs, les peluches, les vêtements, les jouets, les pièces de monnaie, les gants, les CD, les DVD n'avaient-ils pas de place naturelle ? et s'ils en avaient une, pourquoi ne la gardaient-ils pas ?) Son regard fut attiré par une tache rouge et granuleuse encore fraîche sur le parquet. Tim, elle s'en souvint, avait agité sa cuiller pleine de sauce tomate en hurlant de rire lorsque sa sœur s'était lancée dans une démonstration de grimaces, entre les pâtes et la compote. Et ce rire, au lieu de ravir Emmanuelle, l'avait agacée, car elle avait aussitôt pensé à la tache, et aux quelques secondes qui lui seraient volées pour la nettoyer, et de là elle avait songé à toutes ces minutes et ces heures consacrées à des tâches sans intérêt et elle avait visualisé des monceaux de détritus, d'instants moches et rouillés. La décharge publique d'une vie.

L'appartement était si calme, à présent. Une anomalie qui lui donnait le vertige. Depuis des années, elle faisait partie de cette constellation qui a pour nom famille. Elle revoyait des constructions faites de boules et de petits bâtons, en cours de chimie, pour représenter la composition des éléments. Si j'avais été attentive en cours de chimie, pensa-t-elle, j'aurais peut-être compris quelque chose au fonctionnement d'une famille, j'aurais eu au moins le même niveau qu'Éva, qui accomplit tout sans effort manifeste, chez qui les enfants mangent proprement, ne hurlent jamais et ne construisent pas de cabane au milieu du salon en déménageant la moitié de leur chambre. Cette harmonie devrait être à la portée de tous. Mais non. Même avec les efforts les plus tenaces, elle ne pouvait égaler son amie chez qui la gestion d'une maison et d'une famille semblait une donnée génétique, inscrite sur l'un de ses chromosomes au même titre que la couleur de ses yeux, le timbre de sa voix et la taille précise de son foie – qu'elle, Emmanuelle, imaginait délicat et parfaitement lisse, telle une splendide aubergine.

Elias ronflait légèrement. Tim aussi, dans la chambre mitoyenne.

Pourquoi continuer de lutter ? Pourquoi ne pas aller se coucher en se serrant contre le dos d'Elias, poser les lèvres sur sa nuque, laisser ses cheveux chatouiller son nez quelques secondes avant de se retourner et s'endormir pour une courte nuit ?

Pourquoi ne pas accepter de s'abandonner à un sommeil de moins en moins peuplé de rêves ?

Elle passa la pulpe de ses doigts sur le dos du livre. Elle aurait aimé l'offrir à Héloïse, qui se serait plongée dans l'évocation de cet amour intense, qui se serait glissée dans la peau de cette photographe dont aucune description n'était faite mais qu'elle, Emmanuelle, voyait brune et fine, les cheveux courts, le teint très clair. Ou peut-être Héloïse serait-elle restée indifférente, ou se serait-elle défendue d'être troublée par les confidences de cette femme, la mort de cet homme. Une chose était sûre : Héloïse aurait été heureuse du *cadeau*. Touchée par l'attention, elle aurait eu cet air incrédule et modeste : vraiment ? tu as pensé à moi ? oh ! et elle l'aurait embrassée avec chaleur.

Héloïse, tu me manques tant, chuchota Emmanuelle au miroir de la salle de bains, avant de se brosser les dents.

Je ne sais pas pourquoi les larmes se pressent toujours à l'évocation de ton nom, pourquoi je me sens si démunie face à ta disparition du monde.

Elle s'approcha du reflet de son visage. Tira doucement la peau de son front vers les tempes pour effacer la ride qui s'était creusée, perpendiculaire à ses sourcils, du côté gauche. Elle essaya de se sourire, mais son regard lui déplut.

J'ai des yeux inexpressifs, pensa-t-elle. Ils ne racontent rien de palpitant. Ils sont ternes et mes paupières tombent tristement.

Sur la pointe des pieds, elle entra dans la chambre de Gary et contempla ses lèvres charnues, l'arrondi de sa joue et ses mèches bouclées en soleil sur l'oreiller. Elle s'attarda devant le lit de Sarah déjà découverte, sur le dos, la tête rejetée vers l'arrière, si fragile et profonde à la fois, comme prête à s'envoler vers une destination lointaine dont elle ne reviendrait peut-être jamais, puis elle se pencha vers le lit de Tim qui dormait la bouche ouverte, une trace de salive brillait sur sa joue jusqu'à la tétine qu'il avait lâchée, et comme chaque soir elle fut bouleversée par l'abandon extrême des petits corps, par la perfection de leur peau, le trait délicat des cils, le mélange de confiance et de vulnérabilité qui émanait de chaque visage, et elle sentit monter en elle un mélange d'extase, de gratitude et de terreur.

Elle les caressa des yeux encore une fois en demandant à une force qui n'avait pas de nom – la vie ? le destin ? – de les protéger de tout malheur puis elle se déshabilla en prenant soin de ne pas réveiller Elias qui aurait pu avoir envie de faire l'amour, alors qu'elle ne souhaitait qu'une chose : dire adieu doucement à ce jour, bercée par les images des heures écoulées auxquelles se superposaient les images suscitées par le livre, et par le souvenir d'Héloïse.

L'heure était venue de cesser de lutter, et d'accepter d'aller dormir quelques heures avant que le réveil la somme d'entamer une nouvelle journée, parce qu'elle n'avait pas le choix, on la poussait dans le dos, tous les jours, pour qu'elle avance sans y penser, pour qu'elle mène les siens en mer, puis à bon port. Chaque matin. Chaque soir.

Sarah renversa la boîte de céréales en cherchant à s'en emparer avant Gary.

Qui se moqua d'elle en haussant les sourcils à un rythme saccadé et narquois.

Qui fit hurler Sarah.

Elias augmenta le son de la radio dans la cuisine. Un chroniqueur émettait des doutes sur les nouvelles orientations de la Banque centrale européenne d'un ton navré.

Tim, à quatre pattes, ramassait les céréales éparpillées sur le plancher et les gobait une à une avec joie et application. Il avala également sans la mâcher une coquillette desséchée qui avait passé la nuit là.

Effectuant plusieurs allers-retours entre la salle de bains et sa chambre, elle se « préparait », et demanda à Elias, sans le regarder, d'ajouter une compote à boire dans le sac de pique-nique pour Sarah.

Elle était intriguée par son visage ce matin. Aplati, la peau encore gonflée de sommeil, laiteuse, une marque d'oreiller au-dessus de la pommette droite, et ses yeux bizarrement écarquillés. Le réveil l'avait arrachée à un rêve, elle en avait la certitude, mais il avait disparu d'un bloc, sans laisser une image dans son sillage, aucun visage, pas même une bribe de sensation identifiable. Seulement la conscience que quelque chose avait eu lieu, dont l'amnésie la laissait désemparée.

Elle attacha ses cheveux en un chignon lâche qu'elle défit aussitôt pour nouer une demi-queue-de-cheval qui lui donnait un air d'étudiante attardée. Il faudrait quand même que je me décide à les couper, se dit-elle, avant de laisser les boucles fines danser autour de son visage.

Elle se changea trois fois, contrariée par la silhouette terne et sérieuse qui lui faisait face, et opta finalement pour une large jupe à fleurs et un pull en coton orangé qu'elle s'était offert au printemps précédent et qui avaient le pouvoir de délier sa démarche et de lui mettre le sourire aux lèvres.

Personne ne s'habillait comme ça, au bureau, mais tant pis. Au point où en étaient ses relations avec la moitié de l'étage où elle travaillait, elle pouvait se permettre d'affronter leurs sourires pincés. Elle en concevait même un certain plaisir. Elle enfila des bottines à talons et s'imagina écrasant les pieds de Martine, la DRH pas plus grande que Gary, qui compensait sa petite taille par une voix exaspérante, toujours une octave et demie au-dessus de sa voix naturelle, décochant des phrases affûtées comme des flèches, le regard trahissant une satisfaction maligne. Elle avait convoqué

Emmanuelle à deux reprises depuis la naissance de Tim pour faire le point sur sa nouvelle vie, selon ses propres termes, glissant qu'avec trois enfants il était très difficile de travailler avec la même énergie dans une entreprise comme Adenxia. Les enfants aspiraient les forces de leur mère comme des sangsues, elle savait ce que c'était, d'ailleurs elle-même n'avait eu qu'une fille et c'était bien suffisant mais bon, il faut de tout pour faire un monde, avait-elle conclu dans un sourire, et Emmanuelle s'était retenue de lui rétorquer : oui, même des cons.

Elle n'avait qu'une hâte : retrouver le livre, se sentir absorbée par lui, reprendre place dans cette vie secrète et intense où tout lui était possible, où tout était vivable.

L'idée l'effleura à l'instant où elle commençait à déposer du mascara sur ses cils. L'excitation fit affluer le sang à son visage. Elle était toute rose, soudain, vit-elle dans le miroir de la salle d'eau. Ses taches de rousseur étaient remontées à la surface comme sous l'effet d'un léger coup de soleil, le premier jour où l'été surprend les peaux qui s'étaient résignées à l'hiver.

Gary partit sans se brosser les dents et en réclamant deux euros sur le pas de la porte, pour la sortie au musée de l'Homme la semaine suivante, mais c'était le dernier jour pour payer. Elias lui tendit un billet de cinq euros. Emmanuelle glissa précipitamment qu'il fallait lui donner la monnaie exacte mais Gary était déjà dans l'ascenseur et criait, Tu te souviens, hein maman, tu viens ce soir à l'école pour la cérémonie des enfants déportés. Sarah demandait avec la régularité d'un disque rayé où était son polo bleu marine à col blanc, celui que mamie lui avait offert mais qu'elle aimait quand même. Emmanuelle nota le « quand même », amusée. Sarah questionnait déjà, tout en enfilant son pantalon à l'envers. Pas vrai qu'on est sûr de rien, et la seule chose qu'on est sûr c'est qu'on va tous mourir ? Elle répondit Oui ma chérie, c'est ça, tout en cherchant une paire de chaussettes assorties et propres, n'en trouva pas, tendit à sa fille celle de la veille avec un léger remords et poursuivit dans sa réponse, en se sentant un peu bête sans renoncer pour autant, Quand même, on n'est même pas sûr de ça, peut-être quelqu'un trouvera-t-il un sirop pour gagner la vie éternelle, de notre vivant. J'y crois pas, dit Sarah, on mourra tous. Dans l'ordre : Papi Victor, Papi Philippe, Mamie Lise, et puis papa, toi, Gary, moi et Tim. C'est pas juste, je suis pas d'accord que Tim vive plus longtemps que moi, en plus il est petit, il pourra pas se débrouiller seul si on est tous morts. Mais il sera grand d'ici là, et on ne meurt pas forcément dans l'ordre, et puis il est tard ma chérie, il faut se dépêcher, dit-elle en essayant d'attacher les cheveux de la petite en queue-de-cheval bien plantée, ni trop haut ni trop bas, en tendant les cheveux juste ce qu'il fallait pour que la coiffure tienne toute la journée sans tirer sur la peau si délicate derrière les oreilles.

Elles descendirent en même temps qu'Elias et Tim. Serrés les uns contre les autres dans l'ascenseur, ils formaient un bloc de vêtements, de cheveux et de chair compact. Elle était persuadée que, si les parois de l'ascenseur venaient à disparaître, le bloc resterait homogène. Ils resteraient soudés, tous les quatre, à jamais. Elle essaya de se contempler discrètement dans le miroir, de vêtir son visage d'une expression gaie et alerte mais Sarah la fixait, prête à pointer le moindre détail ridicule ou incohérent dans son attitude, et elle baissa les yeux, gênée. Dans la rue, elle embrassa Tim qui fit mine de serrer une pompe avec sa main, ce qui signifiait au revoir. Elias et elle se souhaitèrent une bonne journée sans avoir idée de ce qu'ils entendaient par là, et elle marcha d'un pas rapide vers l'école, tirant Sarah par le bras, sachant que, si elles croisaient la dame rousse au bonnet blanc avant le feu, elles étaient en retard, et si elles la croisaient après, elles étaient en avance.

Tous les matins d'école, depuis l'an dernier, leurs routes se rencontraient. L'une tenant un petit garçon par la main, l'autre une petite fille.

Aucune des deux n'avait distingué l'autre, au début.

Et puis, à force, elles avaient remarqué que chaque matin, à la minute près, l'une, l'autre, là, à la lisière du boulevard, se détachait.

Les regards échangés au fil des semaines s'étaient transformés en hochements de tête, puis en légers sourires, en sourires francs, complices, intimes. Elles tenaient l'une à l'autre d'une manière tacite. Se parler serait revenu à banaliser une relation contenue tout entière dans ces signes amicaux et furtifs. Elles prenaient soin de préserver ce rituel immuable.

Cette fois, elles la virent avant le feu. Emmanuelle accéléra le pas pour traverser avant que le feu passe au vert et le hochement de tête fut plus bref qu'à l'accoutumée. Sarah continuait de croiser le fer avec la mort en levant vers elle des yeux brillants. Tu vois, maman, moi, quand je serai grande, j'aurai un bébé et un amoureux, et on sera en vie pour toujours. Mais pas toi !

La petite a accroché l'étiquette marquée de son prénom sur le tableau de présence et s'est installée pour poursuivre son « travail ». Emmanuelle l'embrasse encore en se demandant si elle faisait les mêmes gestes au même âge. Sa mère n'est pas là pour le lui dire. Son père n'en sait rien.

Elle sort de l'école comme une voleuse. Elle craint qu'on lise sur son visage le forfait qu'elle s'apprête à commettre. Il faut qu'elle s'éloigne pour téléphoner. Le sang afflue vers le cœur, les tempes, la pulpe de ses doigts. Que dirait Elias s'il savait. Elle aurait pu lui proposer de le faire à deux. Ça fait si longtemps qu'ils n'ont pas été ensemble plus de quelques heures lui et elle. Déambulant dans la ville au hasard des rues, portés par un plaisir commun de flâner, s'arrêtant pour observer une façade, un jardin, repartant. Des heures, des jours entiers, pendant des mois, pendant un an, deux ans, ils avaient marché ainsi en faisant des haltes-baisers, des haltes-cafés, quand ils se sont connus.

Main dans la main, bras dessus, bras dessous, enlacés.

Puis elle enceinte, tous deux fiers de la preuve arrondie et visible de leur amour, heureux de capter des regards attendris sur le ventre d'Emmanuelle.

Avec Gary aussi, dans ses différentes poussettes. Elias et elle soulagés de constater que, malgré les mises en garde de certains de leurs amis, la présence du petit n'altérait pas la légèreté de la vie, et ils chassaient de leur esprit les imperfections qui modulaient leurs sorties. Il fallait désormais interrompre la promenade pour changer une couche, donner un biberon, puis se hâter de rentrer, faire couler un bain. Il était devenu plus difficile – impossible – de dîner dehors à l'improviste.

(Il y avait aussi les peurs qui avaient envahi Emmanuelle, ce sentiment de responsabilité écrasant qui lui nouait le ventre et qu'elle taisait, se dépêchant de l'enfouir sous une caresse ou un sourire.)

Mais ils marchaient encore souvent l'un aux côtés de l'autre, bouleversés par le corps minuscule de leur enfant, par ses yeux qui s'écarquillaient ou se plissaient de joie lorsqu'ils croisaient leurs regards, et par les progrès quasi quotidiens qui faisaient de lui chaque jour un peu plus un petit bonhomme, comme Elias l'appelait.

Gary avait grandi, les dimanches avaient pris le chemin des jardins, des cirques, des séances de cinéma pour enfants puis, avec la naissance de Sarah, le temps s'était fractionné en sous-ensembles qui se succédaient ou se superposaient, très vite : préparer un petit déjeuner tout en enfilant une robe, ranger les courses tout en parlant avec Éva, Héloïse ou Alix, le téléphone coincé entre la mâchoire et l'épaule, s'épiler tout en surveillant la cuisson d'un gratin, mettre en route une machine en cherchant sur Internet des places de concert, faire réviser une leçon sur l'accord du participe passé en étendant le linge, et mille autres actions apparemment inconciliables, couples incongrus qu'elle mariait avec adresse tant de fois par jour que l'éparpillement était devenu sa véritable nature.

Elias, lui, était constitué d'un bloc qui travaillait, mangeait, dormait, parlait au téléphone, jouait au squash. Successivement. Une action à la fois, déployée dans le temps, ne mordant jamais sur la suivante, ne se laissant pas déborder.

C'est une différence structurelle entre les hommes et les femmes, avait affirmé Éva, à la fin d'un déjeuner où elles avaient évoqué le sujet de la masse des tâches accomplies par l'un et par l'autre.

Hum, avait-elle hoché la tête, contrariée de se voir ainsi rangée avec Elias dans des catégories anonymes. Les hommes. Les femmes. Devait-on disposer ainsi, dans des boîtes immenses, des êtres dont le sexe était le seul point commun ?

Elle savait que, oui, cette répartition avait un sens.

C'est faux, on ne peut pas tout expliquer de cette manière, lança-t-elle à haute voix, comme si Éva lui faisait face. Un homme en costume gris se tourna vers elle, étonné. Elle lui sourit. Il détourna les yeux. Peut-être pensait-il qu'elle était folle. Peut-être la croyait-il dangereuse.

Elle regarda sa montre. Hésita. Vérifia la présence du livre dans son sac. Elle n'avait rien dit de son projet à Elias parce que c'était le livre qu'elle voulait retrouver, plus que tout. Elias ne pouvait pas vivre cela avec elle, il n'avait aucun rapport, aucun lien tangible avec les silhouettes de Malik et de Lila qui se découpaient sur le halo argenté tracé dans l'espace par les mots.

Au bout de l'avenue, la face carrée aux yeux écarquillés de son bus apparut. Elle s'aperçut qu'elle disait « mon bus » quand elle allait travailler. Le reste du temps, elle disait « le bus ».

Les visages raisonnables d'Éva et Elias se penchèrent vers elle pour la considérer en secouant la tête d'un air désolé. Son projet était grotesque. Et même risqué, si quelqu'un la croisait par hasard dans les rues de la ville, seule, dévoilant par là même son mensonge. Elle se souvient d'un film d'Hitchcock où une jeune femme ayant piqué la caisse n'était pas là où elle prétendait être. Son patron la croisait en ville. Elle fuyait et échouait en pleine nuit dans un hôtel vide tenu par un curieux garçon. Emmanuelle voyait défiler des images très nettes du film sans parvenir à se rappeler le titre. Pourtant elle l'avait vu plusieurs fois, la scène dans la douche était si célèbre… Les efforts fournis pour s'en souvenir la ramenèrent au rêve de la nuit, dont la place vide la tracassait de plus en plus. C'était presque douloureux de contenir des informations dont on ne pouvait se saisir. Elle baissa la tête, prête à céder aux injonctions muettes d'Éva et Elias, sortit son abonnement aux transports et son livre, espérant comme chaque matin réussir le pas de deux subtil qui lui permettrait de glisser vers un siège au moment où quelqu'un le libérerait, en prenant soin de ne pas croiser les regards de passagers ayant adopté la même stratégie qu'elle.

Ainsi, cinq matins par semaine, le rêve d'une place assise.

Il s'arrêta sans que quiconque descende et engloutit avec un appétit vorace six ou sept personnes.

Il quitta la station avec son chargement de femmes apprêtées pour une journée de travail, d'hommes plus ou moins rasés – la mode, dans un certain milieu, était aux hommes faussement mal rasés –, presque autant de téléphones portables que de passagers, d'agendas, de sacs, de cartes bancaires, quelques livres tout de même, très mauvais ou inoubliables, des journaux, et des baladeurs chargés de musique pour transformer le trajet en bus – debout, comprimé, bousculé – en fabuleux voyage secret et troublant, la musique et les paroles établissant une barrière invisible entre le passager qui les écoutait et les autres, il avait alors le sentiment d'être le héros d'un film d'une justesse absolue, au cœur d'une scène en apparence banale où battait le cœur même de la vie. Il se sentait l'âme d'un héros capable de se dépasser un peu plus chaque jour pour vivre son amour, saisir ses rêves ou se relever d'une peine cruelle. Incontestablement, la vie prenait un autre relief quand elle était accompagnée d'une bande-son.

Hier, j'ai eu envie d'aller au cinéma. Je voulais voir *Mystic River*. Dans la file d'attente, un jeune homme m'a marché sur les pieds. Il était en train de raconter un épisode de sa journée à son amie, quelque chose qui avait à voir avec des départs volontaires et des indemnités de licenciements, il répétait C'est quand même dingue, on veut nous faire croire qu'on a le choix alors qu'on ne l'a pas. J'ai été agressive avec lui, je lui ai demandé si ça ne le dérangeait pas que mes pieds soient juste sous les siens. Il s'est arrêté net de parler, a eu l'air franchement désolé et je me suis vue laide et méchante face à lui, une vraie sorcière acariâtre. J'avais besoin de m'engueuler. Il y a des moments, comme ça, où je sens en moi une grande violence. Ça m'arrive fréquemment, depuis la mort de Malik.

J'y reviens encore. Je suis restée prostrée plusieurs jours après l'enterrement, puis j'ai bondi, je suis partie à la chasse aux couleurs, aux ombres et aux lumières avec une exaltation farouche.

Je ne quittais plus mon Leica, je ne regardais plus autour de moi qu'à travers l'objectif et la douleur a reflué, ou s'est concentrée en un point minuscule derrière ma pupille. L'appareil photo est une protection extraordinaire. Tout votre être se condense en lui avant de se dilater dans la lumière, d'épouser les contours de ce que saisit l'objectif. C'est un détachement, un bond à l'extérieur de soi. On s'oublie tout en existant intensément. Mais en arpentant Paris ces jours-là, je n'osais pas appuyer sur le déclencheur. Il s'agissait de prendre la première photo après la mort de Malik, la première photo après celle que j'avais prise de lui le jour de sa mort. La photo qui marquerait le basculement d'un monde dans l'autre. Celui de sa présence et celui de sa disparition.

J'ai sillonné la ville jour et nuit. J'ai vu la dentelle du printemps recouvrir les branches d'un vert tendre et poignant qui me mettait les larmes aux yeux. La sève était là, dans les arbres : ils avaient survécu à l'hiver.

J'ai suivi du regard les hirondelles, leur vol sec, précipité, aux angles tranchants dans l'air vif. J'ai essayé de déchiffrer leurs mouvements, leurs accélérations subites. J'ai échoué.

J'ai vu sur un banc une femme sangloter, tournée vers un homme qui ne la regardait pas, et psalmodier Tu ne comprends pas, mais tu ne comprends donc pas.

Et un enfant jeter du sable dans les cheveux de sa sœur et crier aussitôt en agrippant le regard de sa mère Je l'ai pas fait exprès, j'te jure.

Le ciel du printemps gonflé d'orages, de nuages anthracite ourlés de miroitements métalliques sur des aplats d'un bleu insolent. Et les rayons chauffés à blanc du soleil invisible mais aveuglant. J'ai pensé, Voilà une vision dont j'aimerais me souvenir le jour de ma mort. Revoir cette offrande du ciel. Me dire, C'était donc ça, la vie : un regard écrasé par l'obscurité et traversé par la lumière ; le sentiment d'être relié à ce qu'on ne peut pas toucher mais que l'on voit, que l'on ressent.

Et brutalement, un soir où une jeune femme sur son vélo a souri dans ma direction avec une générosité infinie, juste avant de redémarrer, j'ai appuyé sur le déclencheur, sans prendre le temps de cadrer. J'ai mis du temps à développer la pellicule et quand je m'y suis décidée…

… Mais je voudrais vous parler d'autres photos. Parmi les plus souvent citées, celle d'une femme décharnée à Naples, penchée au-dessus d'une balustrade, regardant en bas mais n'attendant rien ni personne, voûtée, même pas curieuse, même pas en colère. Il y a aussi une pute de seize ans à Zagreb, maigre, les joues creusées, déjà vieille et cassée, et celle d'un enfant de six ans, courant seul au milieu d'une rue défoncée, à Sarajevo.

C'est là-bas que j'ai su avec certitude que ma place était derrière l'objectif. Non, pas ma place. Ma vie. J'avais commencé la photo au lycée, dans le club animé par une jeune femme qui s'appelait Ethel. J'aimais tout chez elle : son prénom, ses longs cheveux bruns et lisses dans lesquels elle passait fréquemment la main, sa voix douce, sa façon de nous parler en nous regardant droit dans les yeux, sans chercher à nous impressionner mais à nous considérer d'égal à égal. Vous allez apprendre à voir, avait-elle dit. Et une fois que vous saurez, vous ne pourrez plus vous en passer. Vous allez apprendre à dominer la lumière et à faire de l'ombre votre alliée. Mais surtout, vous allez apprendre à vous abandonner, à appuyer sur le déclencheur sans toujours comprendre pourquoi, parce que c'est l'instant qu'il vous faut saisir et que ça ne s'explique pas.

Toi, tu es faite pour ça, avait-elle dit en pointant l'index vers moi, un soir où nous étions allés au café en face du lycée, quelques semaines avant le bac. L'année prenait fin, nous avions les yeux rivés sur la ligne d'horizon de l'été, impatients de l'enjamber pour commencer à vivre, pensions-nous, effrayés aussi, et nous nous sentions forts de sa présence au milieu de nous sur les banquettes recouvertes de skaï. Avec ses dix ans de plus, son regard attentif et les questions qu'elle nous posait, curieuse de notre avis, elle était la main ferme qu'on peut saisir pour passer sans crainte de la barque à la rive. J'avais rougi, en omettant de répondre que j'avais déjà rempli mon dossier pour le concours de Sciences-Po. Nous étions en 1986. J'étais tombée amoureuse de William Hurt dans *Le Baiser de la femme-araignée* que j'étais retournée voir trois fois au cinéma. On se délectait tous du mot « glasnost » comme d'un glaçon que l'on croque avant d'en laisser les cristaux fondre sur la langue, la gauche venait de perdre les législatives et on entrait en cohabitation. Si on m'avait demandé de quoi avaient été faites les années écoulées, j'aurais répondu, 1973, j'ai cinq ans. Nous allons une fois par an à la synagogue avec mes parents, je ne comprends pas très bien pourquoi. Je porte une robe blanche Empire, un sac en similicuir avec une fermeture aimantée que je ne me lasse pas de tripoter. Je joue avec des filles que je ne connais pas dans la cour de l'hôtel où a lieu l'office. C'est bizarre de prier dans un hôtel, mais c'est comme ça, les Juifs à Kippour ont des comportements étranges. Une fille tire sur la chaîne autour de mon cou, au bout de laquelle se balance un médaillon où est gravé mon prénom. Je sens une entaille dans ma chair, la chaîne et le médaillon glissent entre les barreaux d'une plaque au sol. Nous scrutons le bijou brillant dans la boue, à quelques mètres sous nos visages, nous essayons de le ramener à nous en introduisant des bâtons dans la grille. Ça devient presque un jeu qui excite les filles mais dont elles se lassent vite, me laissant seule avec ma robe et mon collant maculés de traces noires. Il faut que je rejoigne ma mère, debout dans la partie réservée aux femmes, les yeux mouillés de larmes, je n'aime pas ça. Je ne comprends pas pourquoi mon père et elle s'acharnent à venir dans ce lieu où ils ne connaissent personne, où l'on chante dans une langue incompréhensible qui les rend tristes, comme s'ils regrettaient quelque chose, comme s'ils étaient eux aussi à la recherche d'une chaîne en or perdue. J'ai peur d'être grondée, pour le pendentif et pour la robe mais je prends mon courage à deux mains et me faufile entre les femmes et les enfants. Il y a beaucoup plus de monde que tout à l'heure, et une étrange clameur aussi, qui se mêle à celle de la prière, des gens pleurent et certaines personnes sont tombées à genoux. Je passe devant une jeune fille qui s'est trouvée mal, les femmes répètent Elle s'est trouvée mal, en agitant un éventail au-dessus d'elle et en lui faisant respirer de l'eau de Cologne dans un mouchoir. Une autre femme lui met sous le nez un fruit piqué de clous de girofle qui m'effraie et m'attire, il ressemble à un hérisson mort, mais je continue de courir, moi, c'est ma mère que je veux trouver, dans cet air lourd et scintillant où un mot court comme un lapin affolé : la guerre, la guerre, la guerre. Et au moment où je l'aperçois enfin et glisse la main dans celle de ma mère, je l'entends murmurer à sa voisine Vous avez entendu ? Les Arabes ont attaqué Israël.

Il y a d'autres guerres, qui sont toutes comme des bornes de repère dans mon enfance. Un jour, dans la salle d'attente d'un cabinet de dentiste, je feuillette *Paris-Match*. Un témoignage exclusif sur l'Iran de Khomeiny. J'y lis pour la première fois le mot « geôle » et un nœud se forme dans ma gorge. On raconte des yeux crevés sur lesquels pissent les gardiens de la Révolution, des membres mutilés, des cellules où le jour n'entre jamais. Je ne comprends pas que ce soit écrit dans le journal, que je puisse lire ces horreurs dans une salle d'attente à Paris, presque au moment où cela a lieu, sans voir le monde se soulever autour de moi pour arrêter la main des bourreaux.

Plus tard, on parle d'enfants-soldats qui ont mon âge. Je regarde leurs photos, toujours dans *Paris-Match*, leurs sourires déterminés me fascinent.

D'autres événements fixent la petite fille que j'ai été, à différentes étapes. Je me souviens des jeux Olympiques de 1976. J'ai huit ans, je veux ressembler à Nadia Comaneci.

Parce qu'elle réussit à atteindre la perfection. Parce que je la trouve belle. Et je crois aussi, avec le recul, qu'il y avait quelque chose de bouleversant chez elle. Une fragilité, évidemment, et une forme de défi, comme chez tous les champions devenus des dieux.

En 1981, le visage de François Mitterrand se dessine ligne après ligne sur l'écran de télévision dans la salle à manger de mes parents. Je bondis de joie et me cogne contre la table – le bleu sur ma cuisse mettra du temps à jaunir, sur plus de cinq centimètres, j'aime le contempler, il est la trace colorée et changeante du grand jour –, un nouveau monde advient, mon père et ma mère ont l'air si heureux, pour une fois. Mais l'année se termine sur un général aux lunettes noires qui semble les effrayer. C'est l'état d'urgence en Pologne, un de ces pays situés derrière le rideau de fer dont j'entends parler depuis toujours et malgré mes treize ans je suis sûre qu'une main géante a vraiment tiré un jour, au milieu de l'Europe, un gigantesque rideau de fer épais et rouillé que le soleil ne traverse jamais et derrière lequel je pense qu'il fait toujours froid et sombre.

Quelques mois plus tard, l'Angleterre est en guerre contre l'Argentine. La guerre se déroule loin de nous, mais l'Angleterre est toute proche donc la guerre se rapproche de nous. Elle concerne des soldats qui parlent une langue que j'apprends au collège. Good morning children, a new war began yesterday, nous a dit notre professeur d'anglais en entrant en classe. Et je jurerais avoir aperçu une lueur d'excitation dans ses yeux.

Alors oui, je crois que la guerre est mon centre de gravité. J'ai rêvé de Sarajevo deux fois récemment. Jeudi dernier et dans la nuit d'hier. Dans le premier rêve j'étais au milieu d'une rue vide. Une rue où j'ai vraiment été. C'est même LA rue où j'ai su que je ne pourrais plus lâcher l'appareil photo que j'avais pris avec moi. Plusieurs façades étaient éventrées, d'autres intactes. Au rez-de-chaussée des immeubles, les magasins avaient été pillés. Il ne restait rien qui indiquât ce qu'ils avaient vendu. Des murs nus, des gravats, des poutres arrachées, des panneaux de signalisation tordus, comme suppliciés, dans le vide et le silence. Et soudain, une devanture éventrée sur des couleurs vives. Là aussi les vitres avaient été brisées, et tout avait été pillé, sauf deux immenses tableaux – du figuratif naïf – accrochés aux murs. L'un représentait une file de gens à un arrêt de bus, et l'autre un couple attablé à un café. Le tout dans des tons criards, assez laids.

J'ai pris mon appareil et j'ai commencé à shooter parce que c'était la seule chose possible, absolument la seule. Je ne pensais à rien. Je cadrais, j'appuyais sur le déclencheur. Je cadrais, j'appuyais sur le déclencheur. Je vous ai déjà dit, je crois, que prendre une photo c'est raconter une histoire en commençant par la fin. En prenant connaissance d'abord de la fin. C'est ce qui s'est produit. J'ai fait ces photos, et j'ai ensuite pensé à l'artiste qui devait être mort ou à qui il avait dû arriver quelque chose de terrible. Sinon, il serait venu décrocher ses tableaux. Il aurait été soulagé de les retrouver intacts, ou vexé peut-être qu'ils n'aient intéressé personne, que personne ne les aient emportés. Une photo de cette série figurait dans ma première exposition. Certains l'ont comparée à la célèbre photo de la bibliothèque de Kensington, à moitié détruite en septembre 1940 : plus de toit, une poutre transversale qui tient encore miraculeusement, une montagne de gravats et d'échelles renversées. Et trois hommes. Qui cherchent ou consultent un titre, comme si de rien n'était. J'ignore si cette photo a été posée ou pas, mais peu importe, elle nous rassure. Je pense que ceux qui ont établi la comparaison entre celle-ci et la mienne se sont trompés. Dans la photo de Londres, la vie triomphe, incarnée par ces trois hommes, et à travers eux, les livres, la culture et les mots contre la barbarie. Sur ma photo, il n'y a personne pour regarder les tableaux. On pourrait se raccrocher à l'idée que personne ne les a dégradés, qu'il y a peut-être eu une forme de respect de l'œuvre d'art mais je n'y crois pas. Parce qu'ils sont laids. Parce que leur seul intérêt réside dans le fait qu'ils soient restés accrochés là où il ne restait plus rien. Leur médiocrité les a sauvés.

Dans le deuxième rêve, j'étais avec Malik au bord de la Miljacka. C'est la rivière qui traverse Sarajevo. Nous étions près d'un pont détruit. Il n'y avait personne, pas un bruit. Même l'eau de la rivière semblait figée. Sur un câble tendu entre les deux rives, avançait une grande marionnette, un équilibriste en redingote et chapeau perché sur un monocycle. Malik me serrait contre lui et répétait Tu sais, j'ai vu le même à Vienne. Et puis il s'est balancé d'avant en arrière, comme s'il priait, j'étais gênée, j'avais peur que quelqu'un nous voie, il se lamentait, il ressemblait à un vieux Juif, d'ailleurs ce n'était plus du tout Malik que je voyais mais une foule de vieux Juifs qui priaient. Après, je ne sais plus.

Pourquoi Sarajevo ? J'avais trouvé un stage dans un journal vers la fin de mes études à Sciences-Po. Chaque matin, l'imprimante crachait le bilan de la veille fourni par l'AFP, juste avant le sport et la météo. Deux hommes et une femme tués par un sniper. Une femme et un enfant. Deux femmes et un homme. Un homme. Un enfant. Les dépêches essaient toujours de donner le maximum de détails « objectifs ». Où, qui, quand, quoi, comment. Au journal, j'étais la seule à prononcer correctement les noms des lieux. Un nom revenait souvent : Grbavica. La ligne de front passait là-bas. Les snipers étaient postés dans ce quartier qui surplombe la ville, juste au-dessus du cimetière juif. Je voulais voir qui étaient ces hommes et ces femmes enfermés dans leur ville par leurs voisins, abattus au hasard. Je voulais sentir ce qu'était une ville assiégée. Je voulais être là-bas. J'ai demandé à ce qu'on me donne les attestations nécessaires pour une accréditation. Le reste, je m'en débrouillais. J'avais un compte d'épargne que mes parents avaient ouvert à ma naissance. Je l'ai vidé et j'ai pris un aller simple pour Zagreb.

Voilà. Pendant longtemps, et jusqu'à cet instant devant la galerie d'art à Sarajevo, je me suis toujours sentie à peu près aussi égarée dans ce monde qu'une chanson de Leonard Cohen dans un congrès néonazi. Vous pensez que je fais un bon mot. Vous pensez que je sacrifie la vérité à une formule spirituelle. Que je me cache derrière une forme d'humour qui vous plaît, admettons, mais opposé à l'introspection, n'est-ce pas ?

Vous vous trompez. Je dis une chanson de Leonard Cohen égarée dans un congrès néonazi parce que cette image décrit exactement ce que je ressens. Je cherche à être précise, c'est tout. Bien sûr, si vous n'avez jamais écouté une chanson de Leonard Cohen, vous ne pouvez pas comprendre.

Comme une chanson de Leonard Cohen égarée dans un congrès néonazi. Elle était restée en arrêt devant la phrase, aussi interdite que si elle venait de croiser son double au coin d'une rue. Oui, c'était ainsi qu'elle pouvait définir cet état d'étrangeté à sa propre vie et au monde, la plupart du temps.

Elle tourna les talons, le sang aux tempes, le corps subitement couvert d'une sueur fine qui révéla la fraîcheur matinale sur sa peau. Elle composa le numéro d'« Adenxia, études et management » le cœur battant, les orteils crispés dans ses bottines, et demanda à la standardiste de transmettre que son fils avait plus de 39 ° de température, qu'elle ne pouvait l'emmener à la crèche, qu'elle n'avait personne pour le garder et que donc, malheureusement, elle serait absente aujourd'hui.

Elle se tient au bord de la journée dont elle va prendre possession comme à la lisière d'un pays où tout lui serait accessible. Par où commencer ?

La terre s'est ouverte sous elle, dévoilant les chemins qui lui manquent cruellement, depuis qu'elle a cru qu'il était sage de renoncer aux rêves.

Elle voudrait saisir les pans du mot qui s'étale autour d'elle, invisible et immense : liberté !

Elle voudrait courir, embrasser ce temps qui lui est offert, se féliciter : voilà je l'ai fait, j'ai osé. J'ai fui le bureau et la machine à café, les sourires, les regards en coin, les mines importantes dès que le mot « réunion » est prononcé, l'agitation des grands jours. Ils vont médire, me maudire, me haïr, je les lâche, aujourd'hui, précisément, alors que l'étude sur les attentes écologiques des consommateurs doit être lancée. Je les entends d'ici. De toute façon, avec ses trois enfants. Et depuis qu'elle a sorti ce texte sur le temps partiel et imposé son absence un mercredi sur deux. N'est-ce pas. Elle n'en peut plus, c'est évident. Elle arrive en nage le matin, elle cavale pour être à l'heure le soir à l'école. Elle ne déjeune même pas parfois. Il y a des jours où elle arrive pas maquillée, à peine coiffée. Dans ces cas-là, on s'arrête de travailler, on ne fait pas les choses à moitié. On est honnête avec soi-même et avec les autres. On ne fait pas payer à l'entreprise ses désirs d'enfants, trois déjà, et elle risque de rempiler, non mais ils sont catholiques intégristes ou quoi, dans cette famille ?

Elle repousse les murmures hostiles comme on chasse les corbeaux aux sautillements inquiétants. Rien ne doit gâcher la journée qui s'ouvre, telle une fleur fragile et rare. Le temps s'écoule seconde après seconde et il devient précieux. 9 heures 05.

Elle guette un projet plus fort que les autres qui guiderait ses pas. Ils sont mille à se bousculer. Terminer ce livre d'une traite. Aller au cinéma, au café, dans une librairie. Marcher et chercher le regard des hommes. Suivre des gens. Prendre un train. Il y a des villes, loin d'ici, où le train peut vous emmener en deux heures. Elle pourrait traverser une frontière, déjeuner dans un autre pays, et revenir à temps pour la cérémonie à l'école de Gary, s'occuper du bain de Sarah, vérifier les devoirs, caler Tim dans sa chaise haute et chantonner une comptine, tandis que sa purée refroidira.

C'est le vertige des élèves qui font l'école buissonnière, des malades qui n'ont pas grand-chose, un peu de fièvre et des courbatures, la gorge qui picote, le nez qui coule, mais cela les oblige à rester à la maison, le médecin l'a dit en sortant son carnet de certificats, mi-affirmatif mi-interrogateur. Vous avez besoin d'un arrêt. La mine contrite des travailleurs consciencieux, le cœur soulagé, ils approuvent d'un léger hochement de tête et d'une voix à peine audible. Un arrêt. Oui. Trois jours pour frissonner, avoir chaud, boire, lire, regarder la télé et prendre soin de ce corps aux articulations douloureuses, qui réclame d'être serré dans des bras, bercé, ramené à lui-même, au centre des attentions.

Du repos. Une brèche dans le temps.

Ses pas l'ont conduite vers un pont qui enjambe la Seine. Elle ralentit, contemple l'eau grise. Lorsqu'elle passe sur un pont avec ses enfants, elle serre la main de Sarah plus fort. Gary ne veut plus lui donner la main. Sarah proteste Pas si fort, maman, tu me fais mal. Emmanuelle sent au fond d'elle, chaque fois, l'épouvante de cet instant où l'un de ses enfants se noiera sous ses yeux. Un trou se creuse dans son ventre, sa bouche se remplit de salive amère. Ce sont des scènes qu'elle convoque régulièrement. Pour conjurer le sort. Peut-être. Mais pas seulement, elle le pressent. Elle en éprouve une certaine honte et une forme de fièvre aussi. Ces images lui donnent une idée si précise de ce que peut être l'anéantissement. Elle verrait la chute, elle serait *présente*, l'enfant disparaîtrait sous ses yeux. Elle sauterait après lui (mais comment en être sûre ? comment être certaine qu'elle n'aurait pas peur de sauter du pont ? qu'elle laisserait derrière elle les deux autres sans surveillance ?). En admettant qu'elle ait ce courage-là, ce mélange d'instinct et d'inconscience : elle nagerait de toutes ses forces pour le rattraper. Mais l'eau serait trouble. Emmanuelle ne verrait rien. Elle ne pourrait pas tenir longtemps sans respirer. La dernière fois qu'elle a emmené les enfants à la piscine, elle a fait un concours avec Gary. C'était à qui resterait le plus longtemps sous l'eau. Elle avait tenu vingt secondes, contre une minute à seize ans. Ses poumons menaceraient d'exploser. Elle aurait envie de crier mais ne ferait qu'avaler de l'eau sale. Son enfant serait à quelques mètres d'elle, petit paquet sourd et muet à la dérive, puis loin, très loin.

D'autres fois, c'est la crainte que Gary ou Sarah lui lâche la main au moment de traverser la rue.

Une voiture fonce, arrache l'enfant à la vie. Elle a vu un jour un chat décapité par un camion. Dans sa gorge subsiste la trace causée par le petit cri qu'elle avait laissé échapper, Oh non !, et dans son corps il y a le souvenir de la paralysie qui l'avait saisie : c'était horrible et simple à la fois. Elle l'avait vu traverser d'une foulée rapide, et le sang avait giclé. Vivant / Mort. Deux options possibles, aléatoires, aussi probables l'une que l'autre.

Elle devine qu'elle partage son attirance pour cette terreur vertigineuse avec d'autres mères, et avec d'autres pères peut-être.

Mais personne ne lui en a jamais parlé.

Ce matin, les enfants sont à l'école, à la crèche, loin de son regard et de sa responsabilité. Tim est déjà dans la piscine à balles vers laquelle il se précipite avec joie chaque matin, Gary est en route vers le stade où le professeur de gym les conduit tous les mardis, Sarah est absorbée par l'apprentissage de la lettre « t » et Elias a rendez-vous chez un client. Elle peut être ailleurs. Tout va bien.

Tout va bien.

Elle descend sur les berges, s'adosse au tronc d'un arbre, et ouvre le livre.

Zacharie aussi est photographe. On s'est rencontrés à l'aéroport de Split. On était sur la même liste d'attente, on a attendu dix-sept heures avant de savoir si on pouvait embarquer sur un Hercule de la Forpronu. On a enfin embarqué. C'était la première fois que je montais dans un avion militaire. La carlingue était à nu. J'étais glacée. On portait tous des gilets pare-balles et des casques. Il y avait deux journalistes de la BBC, de vieux habitués qui discutaient entre eux avec la décontraction de joueurs de polo rentrant d'un match amical. À côté d'eux était assis un journaliste bosniaque au regard inquiet. Il y avait encore un journaliste italien indépendant, hirsute, le sourire triste, avec qui j'avais pris un verre à Split. Angelo. Il m'avait dit Sarajevo, c'est une drogue, tu verras. Moi, ça fait vingt fois que j'y retourne. Avec Zacharie et lui, on s'échangeait des regards sans trop parler. De toute façon, en plus du froid glacial, il y avait le bruit. Et puis on ne savait pas quoi dire. Je restais collée au hublot, fascinée de constater qu'il y avait une continuité géographique entre le lieu que j'avais quitté, où l'on circulait librement, et celui où j'allais, une ville en état de siège. On est arrivés en vue de l'aéroport, mais au lieu d'atterrir, l'avion s'est mis à décrire des cercles larges. Longtemps. Les Français tiennent l'aéroport mais ce sont les Serbes qui donnent l'autorisation d'atterrir ou pas, a dit Angelo. Pour faire chier. Pour montrer qui a vraiment le pouvoir. Ils attendent que l'avion atteigne son seuil critique de carburant. Ce sont les petits jeux des hommes qui veulent montrer leurs couilles. Dans trois quarts d'heure on aura atterri. Il fera nuit. La dernière navette pour Sarajevo sera partie. On ne pourra pas y être ce soir. Ils le savent et ça leur plaît.

Le journaliste bosniaque gardait les mâchoires serrées. De nous tous, c'était le plus tendu. Il a senti mon regard sur le sien et il s'est forcé à sourire. Zacharie prenait des photos avec des gestes très calmes. Il m'a interrogée des yeux pour savoir si j'acceptais qu'il me prenne. Je n'ai pas dit non.

Quand nous avons atterri, il était en effet trop tard pour se rendre à Sarajevo. Les militaires français ont indiqué trois marches d'escalier près d'un muret en disant Attendez demain matin. Et on dort où ? a demandé Zacharie. On n'a pas de place, c'est pas un hôtel non plus, ici, a répondu un soldat. Les journalistes britanniques étaient philosophes, déjà adossés au muret pour sommeiller en attendant le lever du jour. Il faut que tu ailles voir le commandant de l'aéroport, m'a dit Angelo. Tu es la seule fille. Si tu lui parles, toi, ça a des chances de marcher.

J'ai haussé les épaules, je n'aimais pas l'idée d'être une fille qui attendrit des mâles en uniforme, mais le journaliste bosniaque était effondré. Je ne pouvais pas ne rien faire pour lui.

Je suis allée voir le commandant de l'aéroport. Et ça a marché. Un blindé nous a emmenés en ville. Engoncée dans mon gilet pare-balle, serrée contre les journalistes, j'avais l'impression d'être enfin parmi mes frères.

Sur le trajet, on a entendu quelques impacts, comme des coups frappés à une porte en métal.

Ils s'amusent comme ils peuvent, a dit Angelo.

J'ai mis quelques secondes à réaliser que c'étaient des tirs.

Goran – le journaliste bosniaque – nous a demandé où on logeait. Angelo avait un ami qui l'hébergeait dans le centre-ville. Les journalistes de la BBC allaient au Holiday Inn. Zacharie et moi avons secoué la tête pour dire que nous ne savions pas. C'était sa première fois, à lui aussi. N'allez pas au Holiday Inn, nous a dit Goran. C'est cent trente dollars la nuit et vous n'êtes pas sûrs d'avoir l'électricité et l'eau chaude. Venez chez moi.

On a fait des manières, et puis on s'est laissé convaincre.

Le blindé s'est arrêté, on nous a fait signe de descendre.

Et là.

Je me souviens de la première sensation : un matelas de verre pilé crissant sous les pieds, des gravats. Et la présence invisible mais intense de la ville. Sombre et silencieuse. Pas une lumière, un ciel haut et étoilé. Je suis à Sarajevo, j'ai pensé. Et ces mots, bout à bout, m'ont fait frissonner.

Goran vivait dans un deux pièces, pas très loin de Sniper Alley. Zacharie et moi dormions dans la même chambre. On a cru être amoureux pendant quelques jours, on a fait l'amour deux fois. Sales – il n'y avait pas d'eau –, gênés par nos doudounes, sous plusieurs couvertures, claquant des dents. Je n'avais jamais fait l'amour comme ça, comme on fait un feu, comme on construit une cabane, enfant. Pour trouver un refuge après être allés au stade transformé en cimetière, après avoir vu des tombes où une seule année était inscrite, après avoir réalisé ce que cela signifiait. Mais on n'était pas faits pour être ensemble, Zacharie et moi. Peut-être parce qu'on cherche la même chose : la solitude derrière l'objectif. Mais on est restés amis, ou proches, c'est le mot juste, nous sommes très proches, même si nous nous voyons deux ou trois fois par an tout au plus, en fonction de nos déplacements. On parle peu, on va voir une expo, l'un pose à l'autre une question entre deux commentaires, on va boire des mojitos. Il y a beaucoup de silence entre nos phrases et ça ne nous dérange pas, on regarde le monde devant nos yeux, dans une communion fraternelle.

Quand je parle de Sarajevo, je sens tout ce qu'il y avait de vivant en moi là-bas, tout ce qui s'est déclenché, qui a fait que pendant dix ans j'ai sillonné le monde avec mon Leica. Et c'est fini.

Depuis que j'ai rencontré Malik, depuis qu'il est mort, je n'arrive pas à trouver en moi le désir de partir. Je ne sais pas où aller. C'est comme si je butais contre un mur. Les journées s'étirent. Je me lève, je lis la presse, rien ne m'intéresse vraiment. Pourtant, le monde est toujours aussi scandaleux et beau, violent et drôle. J'ai lu dans un journal l'histoire d'un homme qui avait tué sa femme avec l'aide de sa fille. Ils la soupçonnaient d'avoir un amant et l'ont défenestrée. C'est fou, non ? On croirait un mythe grec. L'alliance du père et de la fille, de la fille et du père, pour se débarrasser de la mère. Et puis aussi, la femme du cordonnier qui habite en bas de chez moi l'a quitté. Il boit, il se terre chez lui, il ouvre la cordonnerie une heure par jour, ou pas du tout. Quand ça lui chante. Il faut voir les files de gens exaspérés qui se pressent le matin, c'est vraiment comique. Personne ne semble comprendre le drame que vit cet homme. Personne ne veut admettre qu'il lâche prise. Ils sont scandalisés, ils voudraient que le monde du travail et celui des sentiments soient hermétiques. Je pense aussi à ma vieille voisine, Mme Rosier. Elle a plus de quatre-vingt-dix ans. Elle ne m'a jamais adressé la parole depuis deux ans et quand elle nous croisait Malik et moi, elle détournait le regard. Mais elle est tombée malade. Elle ne peut plus faire ses courses. Elle sonne une fois par jour à ma porte pour me demander de descendre lui acheter des pains au chocolat. C'est sa seule nourriture. Elle insiste chaque fois pour me donner cinq euros, en guise de remerciement, comme à une petite fille qui rend service. Ça me gêne, et en même temps, ce statut me fait plaisir. Quand elle ouvre la porte, une odeur de pourriture acide et sucrée envahit le couloir. Elle refuse que quelqu'un vienne faire le ménage, elle a peur qu'on la vole.

Voilà, je passe mon temps à regarder autour de moi, à laisser entrer et sortir des images, des histoires, elles me traversent, me touchent un instant et disparaissent. C'est comme si je n'avais plus de consistance, incapable de fixer quoi que ce soit.

Si j'étais obligée de travailler, ce serait autre chose. Mais je suis propriétaire, mes parents m'ont légué pas mal d'argent, j'en ai gagné beaucoup, je n'ai pas besoin d'en gagner plus, pas pendant plusieurs années en tout cas. Alors je sors, je marche, je regarde les passants, j'entre dans une salle de cinéma. Paris se vide, les gens sont partis en vacances, j'aime bien.

Le seul événement notable, c'est que j'ai couché avec un homme, pour la première fois depuis Malik. C'était la semaine dernière. Une de ces journées d'été où déambule dans Paris une population invisible le reste de l'année. Les gens portent des couleurs gaies, claires, ils n'ont pas peur d'échanger des regards, ils saisissent la moindre occasion pour adresser la parole à un étranger. Je marchais vers Saint-Paul, j'ai croisé un homme grand, musclé, chauve, un petit air de Yul Brynner. Il m'a souri, je lui ai rendu son sourire. J'ai continué ma route et il a de nouveau surgi devant moi. Mademoiselle, il a dit, vous avez le temps de prendre un verre ? J'ai répondu oui. On s'est installés à une terrasse, on a fait les présentations. Il m'a dit Moi c'est Abel. Le seul des trois fils d'Adam et Ève dont le nom se perpétue. Je n'ai jamais rencontré quelqu'un qui s'appelait Caïn, ou Seth.

Je suis danseur et chorégraphe, a-t-il dit encore, je travaille sur un ballet autour d'une vie de Jésus.

Je lui ai parlé de moi, ses yeux ont brillé lorsque j'ai prononcé le mot « photographe », ça laisse rarement indifférent.

Je regardais ses mains et ses bras, je pensais que pour la première fois, depuis la mort de Malik, j'avais envie de toucher quelqu'un.

Après on a marché, on est arrivés devant un immeuble près de l'Hôtel de Ville, il m'a dit J'habite là, tu veux monter ? J'ai dit oui et il n'y avait rien de plus naturel à ce moment-là, j'avais un vrai désir de son corps et lui du mien. Je ne sais pas si on peut dire qu'on a fait l'amour, parce qu'il n'y avait pas d'amour entre nous, mais coucher n'est pas terrible non plus et baiser encore moins, alors il faut trouver autre chose. On s'est connus, comme dit la Bible. C'est assez joli et juste.

Il était attentif et joyeux, oui, manifestement joyeux de ce qui arrivait, et moi aussi, j'étais légère, j'avais l'impression de jouer avec un ami. Ce n'est pas si fréquent, m'a-t-il dit, ce n'est pas si fréquent que tout s'enchaîne de cette manière. Après, il m'a serrée contre lui en me caressant les cheveux, on est restés longtemps dans une tendresse étrange, très douce et mélancolique. Je regardais la chambre où nous étions, les murs nus, les lampes années 30, le plafond où était collée l'affiche de *Faust*, monté par Béjart. On s'est connus une deuxième fois si on peut dire et puis on est sortis dîner. Je lui ai raconté Malik, et je lui ai confié que c'était la première fois pour moi depuis. Je lui ai dit aussi que je n'arrivais plus à prendre de photos. Il m'a raconté l'histoire d'Aram, une étoile coréenne à la peau diaphane qui avait cessé de monter sur les planches de manière inexpliquée. Certains disaient que son amour l'avait quittée pour une autre, d'autres parlaient d'une grossesse avortée ou cachée, d'autres encore chuchotaient qu'elle avait conscience d'avoir atteint le sommet de ses possibilités, et qu'elle préférait se retirer avant la déchéance. Elle disparut de la ville. Les mauvaises langues faussement apitoyées s'agitaient dans l'ombre. On parla d'un suicide, d'une retraite dans un temple au Japon, d'un exil en Amérique, où quelqu'un prétendait l'avoir vue mariée à un milliardaire et où un autre assurait qu'elle errait avec des drogués dans le Bronx. Elle revint frapper à la porte du ballet de Séoul deux ans plus tard, encore plus altière, plus musclée, plus lumineuse. La grâce d'une biche conjuguée à la légèreté d'un oiseau. Abel était alors danseur invité au ballet de Séoul. Elle se confia à lui, un soir. C'était une histoire qu'elle ne pouvait raconter qu'à un étranger, dans une autre langue que la sienne. Elle évoqua sa relation avec un homme qu'elle avait cru aimer plus qu'elle-même. Il lui promettait la plus belle des vies mais réclamait une chose en échange : qu'elle ne danse plus que pour lui. Elle prononça le mot jalousie, il rétorqua par le mot amour. Déchirée, elle pleura pendant des semaines, chaque nuit, en se tordant les mains de douleur. Elle maigrit. Des cernes apparurent sur son visage. Au bout d'un mois – le délai de réflexion imposé par l'homme qui disait l'aimer – elle rendit sa réponse. C'était non. Elle ne pouvait pas renoncer à son art, même par amour. Elle savait qu'elle dépérirait.

Il la quitta. Elle en eut les jambes coupées.

Elle avait perdu son amour et son art, elle était presque morte.

Elle partit en Chine, à Datong, dans la province du Shanxi, où vivait la sœur de sa mère, qu'elle affectionnait énormément. Il y avait là-bas un temple suspendu, construit à flanc de falaise. Entre ciel et terre, dans le vertige et la paix qui se mêlaient au-dessus du gouffre, et auprès de sa tante qui parlait peu mais la massait chaque jour, elle avait senti la vie revenir dans ses muscles et ses veines. Elle s'était remise à danser, seule d'abord, puis avec un professeur de la ville. Elle avait trouvé en elle d'autres figures, une autre façon de se délier, et elle était enfin revenue dans son corps de ballet d'origine. Son art avait atteint un nouveau sommet, une sorte de perfection céleste qui ravissait les spectateurs et paralysait les mauvaises langues, tout Séoul se pressait pour la voir, on la réclamait dans le monde entier. Les forces qu'elle avait puisées pour surmonter sa douleur avaient fait d'elle une danseuse accomplie, bouleversante, capable de suspendre le vol du temps et de produire sur ceux qui la voyaient danser un effet proche de l'extase.

Son téléphone portable vibre en émettant un couinement qui lui signale un message. *Je pars ! Suis pa tres en avance… Ai pris avec moi tres bonne bouteille de bourgogne, pui rock n roll ! Je pense dormir sur place, bip moi pour org qd dispo, a tte.*

Emmanuelle est contrariée d'avoir été arrachée à sa lecture, dans un moment de grâce où elle voyait cette danseuse s'élever dans les airs. Elle ressent une déchirure au niveau du plexus. Elle est perplexe, aussi. Le numéro lui est inconnu. Un mélange suspect de 0, 6 et 9. Et ces fautes d'orthographe ne lui semblent pas naturelles. Elias l'a récemment mise en garde contre les virus s'attaquant aux téléphones portables. Et les spams, aussi. Il lui a dit, Veille à ce que le Bluetooth de ton portable soit toujours désactivé. Elle s'est fait une réflexion, sur le moment : ma grand-mère n'aurait pas compris cette phrase sortie d'un monde peuplé d'étoiles et de dièses destinés à soumettre les clients, abonnés et consommateurs à une force implacable. Pour tourner en rond tapez 1 suivi d'étoile. Si vous voulez vous suicider, tapez 3 suivi de dièse. Nous n'avons pas compris votre réponse. Veuillez réessayer. Sinon, tapez 0 pour revenir au sommaire.

Bip moi pour org qd dispo, dit le message. On veut l'inciter à répondre, à demander de quoi il s'agit, à signaler qu'on a fait erreur, et lui extorquer ainsi quelques dizaines de centimes. Elle est partagée entre l'agacement et la curiosité. Elle a lu l'été dernier un roman où une femme, professeur dans un *college* aux États-Unis, recevait dans son casier le jour de la Saint-Valentin un mot non signé : *Sois à moi pour toujours*. De curiosité en trouble, elle finissait par coucher avec l'un des profs qu'elle soupçonnait être l'auteur de la missive. Elle l'avouait à son mari qui faisait semblant de la croire, persuadé pour sa part qu'elle lui racontait son aventure dans le seul but de l'exciter. La double farce tournait au drame. Au passage, cette femme apprenait la trahison de sa meilleure amie.

Qu'arriverait-il si elle répondait à cet homme promettant un bon bourgogne et du « rock'n roll » (de la vraie musique ? du sexe ?) ?

Et si elle ne répondait pas ?

Serait-elle à l'origine d'un malentendu fatal, d'une dispute, d'un week-end raté, d'une rupture puis d'une réconciliation, une fois l'affaire éclaircie ? Qu'est-ce qui pouvait basculer dans la vie de ces inconnus si la fille à laquelle le texto était destiné ne répondait pas au garçon ? Pourquoi pensait-elle « la fille » ? Et qu'est-ce qui indiquait, dans le texto, que l'envoi provenait d'un garçon ?

Rien. Elle le pressentait, voilà tout. Le vin. Le rock. Les fautes d'orthographe. L'absence de formule affectueuse. La hâte. Ce texto sentait le costume de mauvaise facture, les gestes de play-boy à deux sous, l'aplomb infini des idiots, et son auteur devait ressembler à Gaspard, le garçon de la compta aux jeux de mots douteux. Quelqu'un qui aimait *organiser* ses moments de joie. Et cette pensée, inexplicablement, la dégoûta.

La douceur du lieu et de l'instant est gâchée. Le fleuve, les façades élégantes de l'île Saint-Louis, les arbres au feuillage roux, toute cette beauté, cette harmonie capable de la combler, et qui, lorsqu'elle passe sur le pont avec ses enfants, lui fait regretter de ne pas avoir plus de temps pour la contempler, cette beauté lui paraît inanimée. Ou inaccessible. Presque blessante. Exigeant d'elle quelque chose qu'elle ne peut pas donner. Un tableau, un chant, une photo. Une capacité d'abandon, d'oubli, de transcendance. Un acte qui permettrait de supporter le vertige qui la saisit lorsqu'elle prend conscience de ce qui l'entoure. Elle se sent menacée, comme si l'auteur du texto pouvait la retrouver et lui reprocher de ne pas avoir répondu. On l'a privée de sa tranquille liberté. Elle regarde sa montre. 11 heures. Il lui reste un peu plus de cinq heures avant de récupérer Tim et Sarah et de rejoindre Gary pour la cérémonie. Voilà, elle avait pensé : je m'offre une journée libre, mais il s'agissait en réalité de quelques heures, la récréation est bientôt finie. Sa gorge se serre. Elle voudrait retourner vers le livre mais elle ne peut pas. Elle est trop agitée par une colère confuse. Si elle reste ici une seconde de plus, elle jettera quelque chose à l'eau. Son portable. Le livre. Elle. Non, pas elle quand même. Enfin, comment savoir.

Elle traverse un autre pont qui rejoint la rive droite sans rien voir cette fois du fleuve qui s'écoule sous elle, sans penser à ses enfants et à l'idée de leur mort, avec laquelle elle jouait tout à l'heure comme avec la flamme d'une bougie. Elle cherche à se débarrasser de cette soudaine difficulté à respirer et de la légère pression qui s'exerce sur ses tempes. Il faut qu'elle trouve une pharmacie, vite. Qu'elle contrecarre la migraine qui s'annonce dans cette tension encore à peine perceptible, perfide. Ça commence toujours ainsi. Une raideur dans la nuque, la gorge sèche, un voile sombre derrière les globes oculaires, et les os, les cartilages du visage, doucement comprimés. La migraine entreprend de l'enlacer tendrement avant de la broyer. Il faut la repousser dès les premières minutes. Passé ce cap où elle prend son élan, tel un fantôme agile au visage malin, elle fonce sur elle dans un sifflement épouvantable et entame sa danse sadique, entortillant sa tête dans des voiles vaporeux qui s'ajoutent les uns aux autres et se fondent en une matière lourde, métallique ; un casque impitoyable comprime son crâne jusqu'à ce qu'elle implore son bourreau de l'anéantir s'il le faut, elle est prête à tout accepter pour que cela cesse, à avouer des fautes qu'elle n'a pas commises.

La possibilité que la migraine sorte victorieuse de ce combat l'écrase de désespoir. Cette journée de liberté serait donc une journée déjà perdue ? Non. Elle va trouver une pharmacie, elle est presque sûre qu'il y en a une à Saint-Paul. Là, il y a une fontaine. Il faut qu'elle se mouille le front, la nuque, qu'elle boive pour s'humecter la gorge. Elle passe carrément la tête sous le filet d'eau, jusqu'à ce que ses cheveux soient trempés. La fraîcheur lui offre quelques minutes de répit. Elle va gagner parce qu'elle n'a pas le choix. Le succès de cette journée arrachée à l'immuable succession des jours est une question de vie ou de mort, elle le comprend soudain avec une netteté qui la transporte. Si elle capitule devant l'assaut lancé contre elle, la défaite s'étendra bien au-delà de ce jour. Si elle gagne, la victoire lui assurera une vie plus étonnante, plus douce et palpitante. Comment et pourquoi, elle l'ignore, mais la certitude est là. Alors elle remplace la terreur de la douleur à venir par la rage de respirer, de choisir, de gagner la course. Elle accélère le pas jusqu'à courir vers la pharmacie, un peu plus loin sur la gauche. Elle aperçoit la croix d'un beau vert émeraude. Dans quelques minutes, elle avalera deux comprimés de Migralgine. Très vite, elle aura le cœur au bord des lèvres et la tête lui tournera, mais qu'importe, elle aura gagné, insoumise à la douleur. C'est la seule chose qui compte. Que rien ne brise le ressort qui s'est mis en mouvement en elle, et qui lui donne, encore plus que tout à l'heure lorsque le bus a quitté l'arrêt sans elle, l'envie de vivre pleinement cette journée.

Le produit se répand dans son estomac, engagé dans le combat contre la douleur. Elle imagine des molécules pleines d'assurance, accomplissant leur tâche avec méthode, ne doutant de rien, dissolvant les points de tension. Une, deux. Une, deux. Elles avancent, elles n'ont pas de temps à perdre.

J'aimerais avoir le caractère d'une molécule de codéine, pense-t-elle. La vie serait tellement plus facile. Abattre les tâches l'une après l'autre. Dire oui lorsqu'elle le peut, lorsqu'elle le veut. Dire non dans les autres cas. Et s'y tenir. Pas comme hier, où elle a accepté qu'Elias invite ses parents à déjeuner samedi prochain. Elle dit volontiers d'eux qu'elle les *aime bien*, mais en vérité ils lui sont indifférents. Et parfois même ils l'horripilent. Rien en eux ne suscite son affection ou son intérêt. Ils ont mis au monde Elias, soit. Mais au nom de quoi devrait-elle supporter les monologues de son beau-père, les remarques perfides de sa belle-mère ? Lorsqu'elle les voit, elle respire toujours moins bien, et se sent contrainte d'être enjouée, de faire part en détail de leur vie, leurs projets, des progrès des enfants. Comme si un état des lieux s'imposait régulièrement. Voyez. Tout est en place, rien n'est abîmé. Votre fils est heureux. Vos petits-enfants sont bien élevés et en bonne santé. Ils ont le goût de l'effort et savent exprimer leur reconnaissance lorsqu'on les gâte comme vous ne manquez pas de le faire. Lorsque ses beaux-parents sont sur le point d'arriver, elle passe la matinée à inspecter l'appartement. Des détails affligeants lui sautent aux yeux, bizarrement invisibles les autres jours. Les empreintes grises sur les portes. Le fouillis dans le placard de l'entrée, où manteaux d'hiver se pressent contre vestes d'été, recouvrant des jupes à moitié accrochées aux cintres. Sans parler de la quantité invraisemblable d'objets inusités qui gisent sous les vêtements. (Un vieux sac noir et laid qu'elle ne se résout pas à jeter, un hamac que ses beaux-parents leur ont offert il y a quelques années et pour lequel Elias et elle n'ont jamais acheté les fixations adéquates, ça partait d'un bon sentiment, le hamac, mais ce n'est pas facile à installer dans un appartement parisien. Il y a là aussi des cuissardes qu'elle n'ose plus porter, une banane « Orangina » gagnée par Sarah à la dernière kermesse, quelques écharpes entortillées, un porte-bébé devenu inutile depuis que Tim est trop lourd, une ceinture dorsale achetée il y a deux ans, lorsque Elias s'est coincé le dos, et quantité de bizarreries qu'elle ne soupçonne même pas et dont elle refuse de connaître l'existence.) Elle découvre soudain la cuvette des WC pleine de calcaire, les assiettes dépareillées, et les serviettes qu'elle a oublié de laver, maculées de Nutella et de sauce tomate (elle a beau répéter aux enfants qu'on n'essuie pas un visage barbouillé dans une serviette en tissu, ils le font). Où qu'elle tourne les yeux, les éléments à charge contre elle se dévoilent, se multiplient, tandis qu'Elias s'amuse de son acharnement à vouloir bien faire. Ce sont juste mes parents, ma chérie. Il ne faut pas en faire tout un plat. Il ne connaît pas, lui, la brûlure acide que provoque en elle le regard circulaire de sa belle-mère, cette façon qu'elle a de se poser en juge, par une simple inclinaison de la tête, par des questions qui n'en sont pas, qui n'ont pour but que de souligner les manquements de sa belle-fille. Tiens, vous n'avez pas de poubelles pour organiser le tri sélectif ? Les enfants, on ne vous a pas appris qu'il fallait éteindre la lumière lorsque vous quittez une pièce ? La voix d'Emmanuelle n'est pas la même lorsqu'ils sont là. Gorge crispée, ton forcé. Belle-mère, belle-fille, beau-père, beau-fils. La langue française est parfois mal inspirée. Ou cynique. Quelle hypocrisie, ces noms.

Tout de même, elle vient d'avoir quarante ans. Adulte, sans conteste, le doute n'est plus possible. Mais alors pourquoi a-t-elle l'impression d'être encore *au début* ? D'attendre quelque chose qui ne vient pas ? De ne pas être arrivée là où elle se projetait, à l'endroit où elle *se voyait* vingt ans plus tôt ? C'était bien elle, pourtant, la silhouette à contre-jour découpée sur une brume dorée. Riche d'expériences, sereine, désirable et complexe. Difficile à distinguer, mais elle devinait des traits embellis par le temps, une personne à la fière allure, tête haute, sûre d'elle et accomplie. Vivant de sa passion (laquelle ? elle s'emballait pour tant de choses alors, les livres, les films, le chant, l'engagement humanitaire). Cette femme vers laquelle elle avait pensé marcher pendant des années lui était si familière. Elle guettait avec impatience le moment de la métamorphose, le moment où le corps gauche et l'esprit peu assuré de la jeune fille se glisseraient dans ceux de la femme et l'habiteraient avec naturel.

La jointure tant espérée n'avait jamais eu lieu.

La dernière fois qu'elle avait confié à Elias la déception qu'elle éprouvait à l'égard de la personne qu'elle était devenue, il l'avait prise dans ses bras en se moquant d'elle. Tu nous fais une crise de la quarantaine, avait-il ri en lui ébouriffant les cheveux. Elle lui en avait voulu. Ce n'était pas de crise ni de quarantaine qu'elle voulait qu'il lui parle mais de rêves, de raison de se lever chaque matin, de sens à la répétition des jours.

Je vais annuler ce déjeuner, pensa-t-elle. Qu'ils aillent au diable.

Elle marche plus vite, délestée d'un poids, par la simple décision d'annuler le déjeuner. Si Elias fait la tête, elle répondra qu'il peut recevoir ses parents sans elle, et qu'elle a envie de passer la journée avec Alix ou Éva. Un samedi ? Oui, un samedi.

Une voiture la frôle. Le conducteur crie quelques mots rageurs à son intention. Tu regardes pas devant toi, pétasse. Il a raison. Sauf pour pétasse. Elle n'arrive pas à voir le trottoir, la rue, les voitures. Éva et elle, ou Alix et elle, attablées à une terrasse samedi prochain, constituent un tableau plus net que le lieu où elle se trouve maintenant. De même que les images du livre, et de Paris qui semble y être une autre ville. Comme c'est étrange. On croirait une copie des rues, débarrassées de la moitié des gens et des voitures, des crottes de chiens et des poubelles, et où le bruit de la circulation serait atténué. Je vais m'en remettre au hasard, pense-t-elle, et ces mots achèvent de libérer la tension qui s'était emparée d'elle à cause du texto, de l'arrachement au roman, de la migraine, des visages de ses beaux-parents. Je vais monter dans le premier bus qui se présentera. Celui-ci, qui arrive. Elle grimpe, salue le conducteur, joyeuse de prendre place dans un bus quasiment vide. Quelques vieux, une femme avec une poussette, une autre qui lit. La couverture est bleu nuit, ceinte d'un bandeau où une jeune femme brune au regard clair et énigmatique fixe l'objectif. Emmanuelle déchiffre le titre. *Le Prisonnier*. Elle se demande de quoi est prisonnier le héros du livre, ou de qui, et s'il parvient à se libérer en fin de compte, ou s'il est condamné à perpétuité, ou à mort.

La matinée est avancée, les cargaisons d'employés ont été déchargées, laissant la place à une douce clarté. S'en remettre au hasard revient à dire Je fais confiance, pense-t-elle, en rangeant son abonnement aux transports. J'ai confiance, disait Héloïse, au pire de sa maladie, après une chimio qui la laissait exsangue. J'ai traversé des cauchemars – et elle esquissait un geste las de la main, pour les repousser. J'ai été face aux visions les plus insoutenables. Je ne sais pas où Dieu était dans ces moments-là. Mais ça ne sert à rien d'essayer d'y voir clair. Plus tard. Je laisse ça pour plus tard. Je ne suis pas sûre d'être en mesure d'affronter ça maintenant.

La foi d'Héloïse, solide et authentique parce qu'elle se permettait d'en vouloir à Dieu. D'être en conflit avec lui. De lui reprocher ses absences, avant d'admettre, Qui suis-je pour le comprendre ? Et puis je suis si fatiguée, je ne sais plus quel jour nous sommes, si mon frère est venu me rendre visite ce matin ou il y a trois semaines, tu vois la confusion dans laquelle je suis ? Et elle, Emmanuelle, hochait la tête en souriant, retenait ses larmes en agrippant la chaise sous ses cuisses, crispait les orteils dans ses chaussures, se levait pour contempler les photos que le frère d'Héloïse avait épinglées sur un grand carton. Héloïse au Laos. Héloïse au ski. Héloïse au milieu de ses neveux et nièces, devant un gâteau d'anniversaire, pour ses cinquante ans. C'était là qu'était née cette inextinguible envie de pleurer : dans cette chambre d'hôpital aux murs fraîchement peints, dont un pan entier était constitué d'une baie vitrée traversée par le regard pensif d'Héloïse. Quelle belle vue, n'est-ce pas ? J'ai de la chance, soupirait-elle. On ne peut pas être mieux, dans ma situation. Je n'ai pas à me plaindre.

C'était là aussi qu'elle, Emmanuelle, s'était sentie happée par une présence invisible, au fond d'elle-même. Oui, dans ces jours où Héloïse luttait contre la mort, un changement indéfinissable avait commencé à opérer.

L'autobus approche du quartier des grands magasins. Enfant, son rayon de prédilection était celui des chapeaux, qu'elle essayait un à un. À large bord, en paille, en toile ou en feutrine. Elle prenait des poses devant les miroirs, se lançait des regards mystérieux, terriblement tristes ou remplis de défi. Elle avait posé un jour sur sa tête une toque en velours pourpre, bordée d'une voilette piquée de petites boules. Elle était restée en arrêt devant son reflet, avait esquissé plusieurs sourires, joué pendant quelques minutes à être cette femme qu'elle pressentait très amoureuse et très aimée, une femme capable de donner des ordres avec tact et à qui l'on s'empressait d'obéir ; un être rare dont on avait conscience qu'on ne pouvait lui ressembler mais que l'on voulait approcher, pour recueillir quelques bouffées de cette autorité innée, cette intelligence à la fois éclatante et modeste. Une femme qui ne perdait jamais contenance, savait exactement que dire, que faire, en toutes circonstances. Une femme qui n'avait jamais de rouge à lèvres sur les dents (comme tante Évelyne), ni de boutons sur le front (comme la cousine Vanessa), ni les mains moites (comme sa mère) et dont l'haleine était toujours fraîche, délicatement parfumée, jamais acide ou lourde (comme celle de tant de gens). La petite Emmanuelle était de plus en plus souvent dégoûtée par les adultes qui l'entouraient, qui transpiraient, qui avaient les dents jaunes, les traits affaissés, parlaient trop fort, étaient trop gros, trop velus ou malingres. Les regards tristes, fâchés, vides ou remplis d'une joie trop intense. Les gestes nerveux. Elle voyait tout. Les tables saccagées après les repas, la poubelle au contenu innommable, derrière la porte de la cuisine, l'eau trouble qui croupissait parfois dans l'évier.

Heureusement, il y avait eu la découverte des grands magasins. Tout y était propre, rangé, étincelant. Les vendeuses étaient tirées à quatre épingles et on y respirait un air unique, où les effluves de parfum se mélangeaient à l'odeur des sacs en cuir et des étoffes jamais portées. Tout ici était neuf, propre, à sa place. Un rayon pour chaque objet, chaque domaine. C'était merveilleux et simple.

Elle poussa une lourde porte en verre, fit un signe de tête à l'agent de sécurité qui n'eut pas un regard pour elle, préoccupé par les changements d'horaires imposés par la nouvelle direction, et s'avança vers le rayon des produits de beauté.

Elle commença par arpenter les allées à pas menus en prenant soin de se tenir à une distance raisonnable des stands. Elle savait qu'en ralentissant près d'un présentoir, elle romprait une sorte de statu quo et mettrait en alerte une de ces hôtesses qui se proposait toujours pour *aider*, jamais pour vendre. Elle bifurqua vers le rayon des collants et bas, fit un détour par celui des chapeaux où elle distingua soudain, entre deux colonnes-miroirs, la petite fille à la toque en velours pourpre. Le menton relevé, la bouche fermée, elle la fixait de ses grands yeux, sans ciller. Son visage n'était pas parcouru du frisson de l'interrogation (qui es-tu devenue ?) mais d'un calme étalé comme un voile de crêpe ivoire sur ses traits potelés. C'était un constat froid : Voici qui tu es devenue. Une prisonnière obligée de mentir pour vivre quelques heures de liberté.

Emmanuelle resta figée, mal à l'aise face à cette apparition, une colère sourde coincée dans la gorge, dirigée vers la petite fille au visage impassible. Oui, c'est moi. Je croyais que tous les chemins mènent à soi. Je me suis trompée. Peut-être. Il y a des jours où je ne me pose pas de questions. Pas ces questions-là. Il y a des instants de bonheur parfaits et anodins, comme cet été, dans une station d'essence au retour des vacances, en remontant du Périgord. Elle avait acheté des boissons pour tout le monde. Elias était resté dans la voiture avec les enfants. En approchant du véhicule, les bras chargés de bouteilles, elle les avait embrassés du regard tous les quatre. Elias, Sarah et Gary avaient souri à l'unisson. Tim dormait, le menton affaissé sur sa poitrine minuscule, une mouche de chocolat sur la joue. Une bouffée d'amour et de gratitude avait gonflé sa poitrine. Elle s'était arrêtée pour soupirer du bonheur de les avoir près d'elle, de les aimer, de former cet ensemble avec eux. Ne me fixe pas ainsi, voudrait-elle dire à la petite fille dont les traits se précisent sous la toque en velours pourpre. Tu me trouves ridicule et tu n'oses pas l'exprimer. L'instant parfait sur une aire d'autoroute ! Eh bien oui. À ce moment-là, elle s'était sentie vivante comme rarement, en harmonie avec l'immensité de l'univers et la minuscule place qu'elle y occupait. La femme d'Elias. La mère des enfants. Celle vers qui leurs visages aimants et joyeux se tournaient. Rien de plus ? Non, rien de plus. C'était un moment de plénitude. Elle en connaissait, quelquefois. Plus qu'il n'y paraissait. Si seulement la gamine silencieuse pouvait cesser de la narguer, elle qui était restée figée dans ses dix ans, qui ne savait rien de ce qu'Emmanuelle avait vécu ensuite. Elle n'était pas là quand ses seins avaient enflé, quand elle avait commencé à surprendre sur elle des regards qui l'effrayaient. Elle était loin, absente, refoulée, quand elle mettait des pantalons tout l'été, même au bord d'une piscine, refusant de se baigner parce qu'elle ne voulait pas montrer ses jambes couvertes de poils dont elle ne savait comment se débarrasser. Elle était restée invisible le jour où elle avait contemplé sa culotte souillée de taches marron en mettant plusieurs secondes à comprendre. Elle ne lui avait pas dit comment faire lorsqu'elle avait gâché des rouleaux entiers de papier toilette pour protéger ses vêtements, ces jours-là. Elle avait totalement disparu quand un garçon l'embrassa au mariage d'une cousine de son père, derrière un arbre dont elle ne connaissait pas le nom. Elle n'en avait pas vraiment eu envie, elle n'en avait pas eu envie du tout même, mais quinze ans, ça commençait à faire tard pour un premier baiser, elle connaissait des filles de son âge qui avaient eu plusieurs amoureux et dont on disait qu'elles avaient été toutes nues devant certains, qu'elles avaient passé la nuit avec eux dans le même lit, alors Emmanuelle avait pensé qu'une fois ce cap franchi, elle ferait peut-être partie du clan des filles qui n'avaient aucune difficulté à conquérir le garçon de leur choix. Elle avait laissé ce garçon roux et persuasif, à la peau laiteuse et molle, la plaquer contre un tronc d'arbre et fourrer sa langue dans sa bouche à deux ou trois reprises, avant de l'entraîner plus loin sur l'herbe, de s'allonger sur elle – il était si lourd, elle respirait à peine –, de déboutonner son chemisier et chercher ses seins de sa main potelée tout en imprimant un suçon dans son cou et en gémissant Alors, tu fais pas les bruits ? Quels bruits ? Ben, les bruits. Ceux que les filles font quand on les touche et qu'elles sont contentes. Comme dans les films, tu vois. Elle avait secoué la tête, muette et désolée, n'ayant pas la moindre idée de ce qu'il attendait, ne pouvant même pas feindre. Et la petite fille aux grands yeux qui la jugent, où était-elle pendant ce temps ? Et toutes les années qui avaient suivi, quand elle n'osait pas dire non aux garçons insistants, quand ceux qui l'attiraient lui semblaient inaccessibles ? Elle était morte, en réalité. La petite Emmanuelle avait survécu à peine quelques minutes, dans la chambre du gîte où sa mère s'était écroulée en portant une main à son front, juste après avoir murmuré, Je crois que je ne me sens pas très bien. La fillette en short et en T-shirt mauve où Minnie Mouse lançait un sourire trop éclatant avait eu le temps d'être effleurée par le poids de la douleur à venir, l'effroi des jours qui s'annonçaient. Il y avait une grosse mouche qui se cognait contre la fenêtre en bourdonnant, et, juste à côté, une araignée dans sa toile attendait patiemment le mouvement fatal de la mouche affolée. Quand son père avait foncé à l'hôpital avec sa femme allongée sur la banquette arrière et Emmanuelle devant – c'était la première fois qu'elle montait à l'avant – ça l'avait excitée malgré les circonstances. Son père avait les yeux exorbités et se mordait les lèvres. Il n'avait même pas réclamé qu'elle attache sa ceinture, il conduisait comme sur un circuit et se retournait fréquemment pour la regarder, sa femme blême et inconsciente à qui sa petite fille ne pouvait pas survivre. Elle avait disparu sur cette route en lacets, entre deux virages, entre deux séries de « merde, et merde, et merde » de son père. C'était facile de ressurgir maintenant et de lui lancer des regards lourds de sous-entendus, de juger qui elle était devenue, à côté de quels rêves elle était passée. J'aime Elias et Elias m'aime, murmure-t-elle tout bas. Ce n'est peut-être pas un grand amour comme ceux qui font rêver mais c'est le mien. Nous avons trois enfants adorables et épuisants, en bonne santé. C'est beaucoup pour quelqu'un qui vient d'aussi loin alors laisse-moi tranquille. Tu ne t'es pas manifestée pendant trente ans. Il est trop tard, à présent.

Elle intime à la petite fille l'ordre de se tenir tranquille au rayon des chapeaux et retourne vers l'espace beauté, le sang aux tempes. Un filet de sueur coule dans son dos, et sous ses seins, la peau est trempée.

Maintenant, elle se souvient du rêve. Il revient vers elle telle une bourrasque, ou une gifle. Elle a la sensation étrange de le voir surgir à l'extérieur d'elle-même, comme s'il s'était échappé à la seconde précédant son réveil, avait volé à sa suite toute la matinée, l'épiant discrètement avant de se décider à fondre sur elle, entre deux rangées de parfums, de crèmes et de fards.

Elle était seule avec les enfants dans un parc immense entourant un château. Ils venaient de pique-niquer sous les arbres, sur une nappe immaculée. Le soleil chauffait le ciel à blanc.

Elle était entrée dans une cabine téléphonique et avait inséré des pièces une à une, comme on le faisait autrefois.

Elle pensait appeler Héloïse, mais c'était à Gabriel qu'elle avait eu envie de parler. Un désir violent l'avait traversée, dans la poitrine et dans le ventre, creusant un trou dans lequel il fallait s'empresser de jeter des mottes de terre, du gravier, des pierres, sous peine d'être engloutie par lui.

Il avait décroché. Elle avait entendu clairement sa voix, et le mot qu'il avait prononcé (ce n'était pas « allô », ce n'était pas « oui », c'était peut-être son prénom, « Gabriel ») avait fait flotter son visage devant ses yeux, et son corps nonchalant assis sur un canapé.

Il lui parlait, il était presque là, il voulait convenir d'un rendez-vous avec elle et cela la rendait si heureuse qu'elle fixait la cabine téléphonique avec une reconnaissance éperdue.

Elle avait regardé à travers la vitre.

Les enfants s'éloignaient. Gary poussait Tim dans sa poussette en zigzaguant. Emmanuelle ne pouvait les entendre, mais elle était sûre qu'ils émettaient des vrombissements de bolide. Sarah courait près d'eux. Ils allaient bientôt disparaître de sa vue, petits points de couleur sautillant vers le lac longé par une route très fréquentée. Il fallait qu'elle sorte de la cabine, qu'elle leur crie de revenir, qu'elle coure vers eux, mais l'exaltation d'avoir retrouvé Gabriel la clouait au combiné, elle ne pouvait pas bouger, submergée par l'euphorie amoureuse doublée d'une culpabilité qui la poignardait.

Gabriel, rencontré lors d'un voyage en Angleterre, dix-sept ans auparavant. Un ami d'ami qui leur prêtait son appartement pour quelques jours, à elle et au garçon qui encombrait sa vie alors – son prénom, ce n'était pas possible, elle avait oublié son prénom, Nicolas, voilà, il s'appelait bêtement Nicolas, mais se faisait appeler Nick.

Nick avait commencé à être malade sur le ferry. Son teint avait pris une teinte olivâtre qui accentuait l'expression perpétuellement furieuse de son visage (expression qu'elle avait tout d'abord prise pour un sens aigu de la révolte, qu'elle pensait être le comble du romantisme, alors qu'il avait simplement sale caractère). Il avait avalé les médicaments que leur hôte lui avait tendus et s'était effondré dans la chambre aux tentures africaines qui donnait sur Camden Street.

Emmanuelle était restée dans la cuisine avec Gabriel. Il avait proposé un thé. Et un autre. Un verre de whisky. Puis un autre.

Pendant des heures, ils avaient déroulé leurs vies à rebours, évoquant le charme de l'Angleterre, leurs études, leurs amis communs, avant de s'aventurer dans des zones plus secrètes par des questions en apparence anodines sur leur lieu de naissance, leur famille.

Ils s'étaient *livrés*.

Il lui avait parlé de ses deux frères entre lesquels il s'était trouvé pris en otage. Avec eux, on a revisité l'Histoire, avait-il dit en riant. On a fait la guerre de Cent Ans, puis l'Inquisition quand mon frère aîné a compris que le dernier était pédé, avant même que lui en prenne conscience. Ils ne se sont pas adressé la parole pendant trois ans. Sous le même toit. Et moi, le frère du milieu, me donnant comme tâche de les réconcilier, de les rapprocher, me sentant lâche de partager des instants avec le premier en chassant « l'autre » en permanence, et vice versa. J'étais forcément un traître. Aujourd'hui, l'aîné est en Inde, il rentre en France deux fois par an vendre des bijoux, et ça lui suffit pour vivre, le benjamin donne des cours de peinture et de poterie dans un centre pour enfants des favelas en Colombie et moi je suis ici. Nous sommes éparpillés à la surface de la Terre. Le seul moyen de supporter les liens familiaux, peut-être.

Enhardie par ses confidences, elle avait tourné autour du trou noir qu'elle visualisait chaque matin en regardant son ventre. Elle avait raconté comment elle avait mystérieusement survécu à la mort de sa mère, combien cela lui avait paru facile, la plupart du temps, puisqu'elle ne ressentait plus rien. Comme si on l'avait trempée dans un bain glacé pour figer toute émotion. Elle avait honte de sentir sur elle ces regards apitoyés. La pauvre petite. C'est si dur de perdre sa mère, à cet âge. Mais ce n'était pas dur puisqu'elle y arrivait, du haut de ses dix ans.

Plus encore que le manque de sa mère, elle avait le manque de la peine qu'elle aurait dû ressentir. La petite fille assise à l'avant de la voiture sur une route en lacets s'était enfuie en emportant son chagrin, et Emmanuelle ne savait pas où la chercher. Elle l'imaginait échevelée, vivant au cœur d'une forêt lointaine, mi-recluse mi-prisonnière, se nourrissant de baies et de champignons, creusant la terre à mains nues pour enfouir son chagrin par petits paquets qui, mêlés aux brindilles et à la mousse, donnaient vie à des fleurs géantes et rouges, vénéneuses, invisibles pour tous sauf pour la petite fille.

Gabriel lui avait servi un autre whisky.

Ils avaient poursuivi, jusque tard dans la nuit. Emmanuelle tentait de calmer le tremblement qui s'était emparé d'elle, pressant ses mains l'une contre l'autre, sous la table, crispant les orteils.

Plus tard, ils s'étaient souhaité bonne nuit, et Gabriel avait dit, Profitez bien de l'appartement. Vous verrez, le quartier est sympa. Je prends le train tôt demain (il avait regardé sa montre), euh, aujourd'hui plutôt. Vous laisserez les clés dans la boîte aux lettres en partant. Et si vous revenez à Londres, n'hésitez pas.

Ce « vous », lourd comme une dalle de ciment sur les heures qu'ils venaient de passer ensemble.

Le corps fourmillant de non-dits, de gestes inaccomplis, de ce qu'elle avait entrevu pendant quelques heures et qui lui était déjà ôté, elle s'était glissée sous la couette, à quelques centimètres de Nick, toute raide, le crâne douloureux, incapable de supporter le contact de sa peau, claquant des dents.

Le lendemain, Gabriel était parti. (Si elle avait pu rester éveillée, cette nuit-là, si elle avait osé se relever, frapper à la porte de sa chambre, lui dire

– mais quoi ? elle n'aurait su comment lui dire qu'elle avait follement envie de faire l'amour avec lui, et c'était bien pour cela qu'elle avait renoncé, qu'elle s'était endormie, collée contre Nick qui l'avait attirée vers lui, dans un demi-sommeil.) Il faisait exceptionnellement beau et ils étaient allés visiter la Tour de Londres, puis se faire prendre en photo devant le palais de Buckingham. Aucun des deux n'osait s'avouer déçu par la ville, par cette attitude de touriste aussi déprimante qu'une odeur de chaussures trempées par la pluie, mêlée à celle du tabac froid.

Les jours suivants, il avait plu sans discontinuer. Ils avaient erré de pub en pub, et passé quelques après-midi chez Harrod's, où Nick bâillait ostensiblement. Là, à la vue des possibilités infinies de fuite et d'oubli de soi que proposait le grand magasin, de petites étincelles avaient jailli en elle et il lui avait fallu déployer des trésors de persuasion pour que Nick la laisse seule, quelques heures, non sans lui avoir jeté un regard moqueur et blessant (être à Londres et passer ses journées dans un grand magasin !).

Elle avait regretté de ne pas avoir plus de temps pour faire connaissance avec les lieux, définir une aire de prospection. Tracer les frontières de son royaume.

Sur le ferry du retour, contemplant le sillon d'écume que le bateau ouvrait dans la mer, elle avait compris que Londres exigeait une énergie particulière pour se dévoiler, une forme de désir et de joie de vivre dont ils étaient tous deux dépourvus, Nick et elle.

Ils s'étaient quittés avec soulagement, gare du Nord, et ne s'étaient plus jamais revus, ni rappelés. Tout simplement.

Mais elle n'avait pas revu Gabriel non plus, et elle avait rencontré Elias peu de temps après. Il lui inspira confiance d'emblée, il avait les mains douces et un air décidé, c'était énorme ces trois choses ensemble, la confiance, la douceur, la détermination, sans compter le désir d'enfant qui était venu très vite. Ainsi sa vie s'était-elle accrochée à celle d'Elias, et lorsqu'elle y songeait, elle avait souvent en tête l'image d'un coquillage collé à un rocher, perdant peu à peu ses couleurs d'origine jusqu'à se fondre dans la masse minérale qui l'hébergeait.

Trois ou quatre fois, en quinze ans, elle avait rêvé de Gabriel. Avec chaque fois la sensation que le monde s'ouvrait devant elle, immense et en même temps à sa taille. Elle était dans ses bras, à sa place, heureuse comme jamais. Ce bonheur et ces sensations intenses qui n'existaient que dans ses rêves étaient si troublants qu'il lui fallait plusieurs jours pour s'en détacher.

Ces jours-là, elle tournait la tête lorsqu'Elias la regardait ou se blottissait contre lui, pas vraiment par amour ou désir, mais pour qu'il ne distingue pas sur son visage les scènes si vivantes de ses trahisons nocturnes.

Elle se laissa enfin aborder par une hôtesse, puis une autre, et une autre encore, qui l'interrogèrent sur ses habitudes en matière de soin et de démaquillage, d'un air grave et scrutateur, réprimant leur effarement lorsqu'elle avouait ne pas enduire son visage de masque hydratant une fois par semaine ou n'avoir jamais songé à utiliser un sérum sous sa crème. Elle se hissa sur une chaise haute, puis une autre, et une autre encore, les yeux fermés, le visage offert à des mains qui faisaient pénétrer une lotion ou un fond de teint par petites pressions, appliquaient des fards avec des pinceaux d'une grande douceur, par touches légères et rapides, conscientes ou pas des frissons qui la parcouraient du crâne à la pointe des pieds, de ce bien-être exquis. Elle passa ainsi d'un stand à l'autre, et se laissa faire dans l'abandon le plus total, fermant les yeux, baissant la tête, regardant en haut ou en bas, attentive au plaisir qu'elle ressentait, bercée par les conseils égrenés à ses oreilles et par cette sollicitude soudain accordée à sa peau. Elle n'eut pas honte de se démaquiller discrètement entre chaque stand, et de recommencer le même stratagème, à plusieurs reprises. (Arrêter son regard sur un produit. S'en saisir. Afficher sa perplexité. Sentir l'ombre de l'hôtesse approcher en lui demandant doucement si elle avait besoin d'aide. Hocher la tête. Poser une question témoignant de son manque d'expérience dans le domaine de la beauté. Guetter le moment précis où le verrou sautait, où la jeune femme prenait conscience qu'elle avait en face d'elle une novice qui ne demandait qu'à être initiée, à s'abreuver à sa science infinie, à entrer dans le rang des femmes sur le point de comprendre les bienfaits de l'acide DHEA ou qui ne jureraient plus que par l'huile de noisetier sauvage. Et dans ces instants qui auraient pu être humiliants ou grotesques mais qu'elle reçut comme autant de cadeaux, elle se laissa aller à être une petite fille qui ignore tout, à qui il faut tout apprendre, dont il faut s'occuper, dont on révélait la beauté, en appliquant des crèmes et des fards, en quelques gestes appliqués et sûrs, avec une mine concentrée confirmant que rien n'était trop beau pour elle.)

Un à un, des morceaux d'elle, recollés par des inconnues bienveillantes.

Et puis elle quitta le grand magasin.

Elle est de nouveau dans un bus, le livre entre les mains. Elle respire doucement, comme à la minute qui précède l'endormissement, béate. Elle relit ces phrases sur un homme de fiction mais qui semble si vivant, même après sa mort de papier, survivant dans un amour de papier, mais si vaste, si absolu, qu'elle ressent elle aussi un mélange d'amour profond et de deuil. (Mais pour qui ? Quel visage voit-elle lorsqu'elle lit le nom de Malik ? Le reflet flou de traits anguleux ? Le souvenir du visage de Gabriel ? Un autre visage, où les deux se fondraient ? Et pourquoi pas celui d'Elias ? Pourquoi *certainement pas* celui d'Elias ?)

Elle relit ces mots qui lui offrent une autre vie, plus libre, reliée au vaste monde, à ses palpitations, aux seules vraies raisons de vivre, l'amour et l'art.

Une vie qui tient ses promesses de richesse et d'intensité. Elle voudrait arriver au bout du livre, et dans le même temps elle voudrait qu'il ne s'achève jamais, qu'il reste une histoire dans laquelle elle a pris place et qui lui donne depuis hier le sentiment qu'un sang nouveau coule dans ses veines, le sang de Lila Kovner qui n'a peut-être pas eu une vie heureuse mais qui l'a vécue si intensément, qui a su ce qu'était l'amour, ce qu'était la guerre. Et là, la peau de Malik ou d'Abel contre la sienne, attablée à un café avant de monter pour la première fois dans l'appartement d'un homme ou figée devant une galerie d'art défoncée à Sarajevo, c'est exactement ce qu'Emmanuelle ressent.

L'appartement est en vente. J'ai déposé une partie de mes affaires sur le trottoir hier soir et elles n'y étaient plus ce matin. Les photos sont entreposées chez un galeriste. L'électricité, le gaz et le téléphone ont été coupés tout à l'heure. Quelques vêtements ont pris place dans ma valise. J'ai hésité pour les livres, et puis j'ai pris *Goetz et Meyer*, de David Albahari. Mon Leica. Et ce carnet.

À Manon, Ethel et Zacharie, j'ai envoyé des mails pour dire que je partais en reportage. Loin. Longtemps. Qu'ils n'avaient aucune raison de s'inquiéter et je sais qu'il en sera ainsi. Ils m'en voudront de ne pas leur dire où je suis partie mais aimeront ce mystère, guetteront un signe du Kazakhstan, de Biélorussie, ou du Birobidjan. Je leur ferai savoir que je suis vivante, de temps à autre, et cela suffira.

Ce n'est pas compliqué de démonter une vie, finalement.

Un taxi m'attend en bas.

À la radio passe une chanson, Je ne peux pas survivre à nous/ parce que je t'aimais/ plus que tout/ je t'aimais/ à genoux/ je n'étais plus moi/ j'étais nous/ on ne peut pas survivre à tout.

Je cherche dans le rétroviseur le regard de la femme qui conduit avec des mouvements fluides. Je voudrais savoir si elle entend les paroles de la chanson, comment elle réagit à leur sens.

Vous êtes pressée, elle demande.

Moi, non, mais mon train, oui.

C'est bouché partout. La musique vous dérange ?

Non.

Alors ça roule. Enfin, façon de parler.

Par la vitre. Une femme penchée sur une poussette explique quelque chose à son bébé. Elle semble sûre d'elle, et satisfaite de la réaction du petit. Elle fait quelques pas, dégageant ma vue, les offrant à mon regard. Elle blonde aux cheveux longs, brillants et ondulés, lui frêle et guère plus grand qu'elle, un jean moulant et un pull fin, presque transparent, dans les bras l'un de l'autre, soudés, engloutis par leur attirance mutuelle, s'agrippant, s'embrassant, incapables de se séparer, ne serait-ce que de quelques millimètres. Un pigeon lâche une fiente sur les cheveux du garçon, qui sursaute, passe la main dans ses mèches, contemple ses doigts d'un air dégoûté, et ils éclatent de rire ensemble. Elle sort un mouchoir de sa poche, essuie la main de son amour ainsi que les cheveux de son amour, puis l'attire vers une poubelle pour jeter le mouchoir en se serrant toujours contre lui, un rire léger entre eux. Ils continuent de s'embrasser, mais lui ne la touche plus de sa main souillée et elle ne passe plus les siennes dans ses cheveux humides.

La voiture, enserrée dans la meute des véhicules, n'avance pas. De toute façon, c'est de pire en pire, dit la conductrice, bientôt la Terre ne sera plus qu'un gigantesque embouteillage, personne ne pourra aller nulle part, on sera tous coincés, on pourra pas bouger sa voiture d'un millimètre, et on fera quoi alors, dites-moi, on fera quoi ?

Nous ne vivrons peut-être pas jusque-là, dis-je, pour entrebâiller une porte d'espoir, tout en jetant un coup d'œil inquiet au compteur.

C'est votre entreprise qui paye ?

Je ne fais pas vraiment partie d'une entreprise, mais on me rembourse parfois mes notes de frais.

Vous travaillez dans quelle branche ?

Je suis photographe.

Ah ? C'est libéral ça, non ?

Oui. D'une certaine manière.

Je crains qu'elle m'interroge sur mon régime fiscal, les charges sociales, patronales, les mesures qu'il faudrait prendre pour assainir l'économie et dont j'ignore tout. Je crains un déferlement de mécontentement auquel il faudrait que je prenne part. Je préférerais qu'elle me parle de ses enfants. Qu'elle me confie combien elle les aime, combien ils lui pèsent, qu'elle me dise pour lequel d'entre eux la vie est plus dure à affronter. Comment s'y prennent-ils pour vivre ensemble ? Quelles ruses ont-ils inventées pour ne pas se faire trop de mal en vivant, pour se soutenir, et se déchirer raisonnablement ?

À son tour de chercher mon regard dans le rétroviseur.

Vous payez l'Urssaf ?

Ça dépend des mois.

Comme moi.

Oui.

Alors c'est une profession libérale.

D'accord.

Dites-moi, franchement, vous croyez pas que tout le monde peut être photographe ? Surtout aujourd'hui, avec le numérique, vous retouchez par-ci, vous retouchez par-là... Vous pensez qu'il faut un *don*, vous ?

Je ne me sens pas du tout à la hauteur de ses questions. J'aurais vraiment souhaité qu'elle me parle de ses enfants, qu'elle me donne leurs âges, leurs prénoms, qu'elle décrive ses accouchements, qu'elle leur colle des étiquettes, je ne me lasse jamais des gens qui me racontent leur vie, mais je ne suis pas douée pour changer le cours des conversations sans paraître impolie.

Je dis souvent que je ne pourrais pas vivre sans un appareil photo à portée de main, mais je ne sais pas si c'est vrai.

Et vous êtes connue ? C'est quoi votre nom ?

Lila Kovner.

C'est un pseudonyme ?

Non, c'est mon vrai nom.

Ça sonne bien. Mais je connais pas. En fait, je crois que je ne connais pas de noms de photographes. À part, comment il s'appelle, Doinel, non, Doisneau. Mais c'est normal qu'on vous connaisse pas, vous n'êtes jamais sur les photos ! (Elle rit.) C'est vrai quoi, quand j'y pense. C'est un métier discret.

On peut dire ça.

Puis, peut-être parce que ses remarques m'ont agacée, je lui décoche une flèche.

Le compteur est l'instrument de torture le plus perfectionné et le plus répandu qui soit. Savez-vous pourquoi ?

Elle hausse les épaules.

Parce qu'il égrène le temps de manière mécanique. C'est comme si on déclenchait un compte à rebours réglé sur l'instant de votre mort.

Vous croyez pas que vous exagérez ?

Pas du tout. Le temps est notre préoccupation principale, de la naissance à la mort. Mais la plupart des gens n'en ont pas conscience. Sauf dans un taxi. Là, le temps s'incarne en chiffres rouges, en somme d'argent qu'il faudra payer, et plus le temps passe, plus il devient précieux. Vous savez bien que c'est ainsi, dans la vie. Vous avancez en âge, vous tenez aux années de plus en plus, et elles ne font que rétrécir.

Deuxième haussement d'épaules.

Heureusement que vous êtes photographe, et pas écrivain. On comprend rien à ce que vous racontez.

Vexée, je me cale dans mon siège, tente une diversion.

Vous avez des enfants ?

C'est indiscret, comme question.

Pardon.

Je baisse la tête. La circulation repart. Comme on dit d'un cœur qui se remet à battre. Nous respirons mieux toutes deux me semble-t-il. Je demande timidement si je peux baisser la vitre de mon côté. L'autorisation m'est accordée d'un mouvement de la tête.

De l'air.

À la radio, une voix douce et poignante chante Je voudrais pas crever/ Mais comme c'est des choses qui arrivent/ Je veux danser souvent avec le diable de l'été/ Et m'enivrer de rires/ Et m'enivrer de rien/ Je veux passer la vie/ À n'être qu'un matin.

Je quitte une ville pour une autre sans savoir si je reviendrai. Seuls les enfants disent « jamais », « toujours ». Il me faut aller là-bas, voir, respirer, ressentir. Rien, peut-être. Je ne veux pas chercher la façade d'une maison qui aurait brûlé, la cour où l'on aurait fusillé des femmes, des hommes, des vieillards, des enfants. Je ne veux pas arriver là-bas pour dire Me voici. Je suis la fille de celui qui a survécu, le petit Henri qui ne s'appelait certainement pas Henri à l'époque, et même de son premier prénom je ne sais rien, peut-être était-ce Yosselé, peut-être Yankelé, ou bien Avremel. Je n'y vais pas pour chercher des traces ou pleurer sur une tombe. Je veux être là-bas. Parce que j'ai eu tant de mal à m'appeler Lila Kovner. J'ai mis tant de temps à me reconnaître dans ces quatre syllabes, à me pénétrer de ces sons qui me désignaient, qui épousaient les contours de mon corps et de ma personne, et déclenchaient en moi un sentiment d'étrangeté. Parfois, je détachais de moi ce nom et ce prénom et je les regardais flotter dans le vent, telles des oriflammes brillantes montant vers les nuages, toujours plus haut. Quand j'ai vendu mes photos de Sarajevo, on m'a demandé comment je voulais les signer. J'ai cherché un pseudonyme. J'aurais aimé m'inventer un nom qui m'aille, je faisais souvent ça petite, je forgeais des identités chic, des noms à particule. Mais soudain, tout autre nom semblait ridicule, faux, prétentieux. Alors j'ai dit que je voulais signer Lila. Juste Lila. La première fois que mes parents ont vu ma signature, ils ont cru à une erreur du journal. Quand je leur ai dit que c'était ainsi que je voulais m'appeler « professionnellement » – je me souviens d'avoir utilisé cet adverbe qui résonnait comme une insulte –, ils avaient baissé la tête.

Mes parents ne ressemblaient pas aux parents de mes amis. Ils ne buvaient pas de vin à table, ou bien du mauvais vin, car ils n'avaient aucun goût pour cela en réalité, ils faisaient semblant. Ils s'habillaient tristement, parlaient doucement et sursautaient dès que l'on sonnait à la porte. L'apparition de Malik dans ma vie m'a consolée de la peine de mes parents, que je traîne avec moi depuis toujours. Malik n'avait pas la mémoire de cette histoire juive et douloureuse. Et j'ai aimé ça, oui. J'ai aimé infiniment qu'il soit d'ailleurs. Il portait sur ses épaules une autre histoire de parents tristes et malmenés par l'Histoire. Une histoire d'Algérie qui les avait ballottés jusqu'ici. Nous étions tous deux des enfants de personnes déplacées. Nous avions tous deux des parents qui attendaient de nous qu'on soit français, forts, admirables, heureux. Les trois derniers mots étant pour eux synonymes du premier, je crois.

Un jour, je n'ai plus rien supporté : les meubles des années 60 dont les portes fermaient mal et qu'il fallait caler avec un rectangle en carton, la nappe au crochet sur la table du salon, l'odeur de légumes bouillis mélangée à celle du tabac. Et l'album photo de maman.

Surtout l'album photo.

Peuplé de gens que je n'avais pas connus, qui avaient vécu et étaient morts bien avant moi, dont j'avais du mal à retenir les prénoms compliqués – personne ne s'appelait comme ça autour de moi, personne ne portait ces noms dans les livres que je lisais, les films que je voyais : Bluma, Olga, Yehiel, Rivka, Eliezer, Yitzhok, Myriam, Saralé, Shlomo –, j'avais envie de mordre l'index de ma mère qui pointait les poitrines, de le croquer jusqu'à l'os. Elle psalmodiait des mots qui valsaient comme de la poussière dans un rayon de soleil : oncle, tante, cousin, grand-père, grand-mère, petit cousin…

Parfois, je m'imaginais jeter l'album dans la Seine. Les photos flottaient quelques secondes avant de disparaître. Je me sentais légère, aérienne, débarrassée de ces inconnus aux sourires figés et pleins de reproches.

Mes parents me suppliaient de plonger pour retrouver les photos et les coller dans un nouvel album aux pages noires. Ma mère tordait ses mains, le visage labouré par les larmes, mon père me prenait par les épaules en serrant les mâchoires et leur chagrin était tel que je leur tendais l'album caché derrière mon dos en secouant la tête. Qu'avaient-ils pensé ? Que je souhaitais les détruire ? M'en jugeaient-ils vraiment capable ?

C'est bizarre, cet embouteillage monstre le jour de mon départ. Comme si une force invisible voulait tester ma volonté, voir ce que je suis prête à endurer – et à payer – pour partir. Je suis prête à payer beaucoup, la somme indiquée sur le compteur sera la mienne. Et si je rate mon train, je prendrai une chambre d'hôtel près de la gare et partirai demain, j'accepte de me laisser porter par le temps et les contretemps.

Nous longeons les Tuileries, la gare de l'Est est encore loin. Je me répète que c'est normal, qu'il faut du temps pour partir.

Je revois mon père assis devant la table de la salle à manger couverte de factures, de relevés bancaires. Je fais mes papiers, disait-il, l'air important, en contenant difficilement sa joie. Il adorait ce rituel, une fois par semaine, les chiffres et les colonnes faisaient son bonheur et je me demande encore quelles démarches pouvaient lui prendre tant de temps, moi qui expédie ces choses-là en quelques minutes, quand je n'ai pas le choix.

Ses joues creusées, sa peau parcheminée, ses yeux marron plus souvent tristes que gais.

Le trouble qui l'envahissait lorsqu'il s'adressait à moi, son regard qui cherchait où se poser. En acceptant de penser à lui plus d'une minute, j'ai compris que c'était ce qui définissait nos rapports, bien plus que l'amour, la tendresse ou la colère.

La gêne.

Comme s'il craignait de me blesser, ou de surprendre dans mes yeux un jugement, une condamnation, du mépris.

Je croyais qu'en grandissant j'arriverais à lui demander pourquoi ces regards fuyants. Je nous voyais marchant côte à côte, lui le père bienveillant, moi la fille aimante, mon pas accordé au sien, mon bras passé dans le creux de son coude, deux silhouettes paisibles, moi posant mes questions, lui répondant d'un ton égal, me racontant un à un les personnages de son album photo à lui. Mais lorsque l'agacement s'estompa enfin, grâce à la photo, grâce à mes voyages qui justifiaient mes longues absences, il était trop tard. Ballotté par la maladie de la mémoire, il vivait dans le chaos des temps entrechoqués et donnait des réponses incongrues et poétiques aux questions que les médecins ou moi lui posions.

Comment vas-tu ?

Je n'aime pas la compote.

Pourquoi tu ne dis rien ?

J'ai vu un chat bondir sur un pigeon.

Tu es bien, ici ?

Il n'y a pas que les Allemands qui portent l'uniforme. Et puis tu sais, Ella Fitzgerald est morte aveugle et amputée des deux jambes. La pauvre.

Tu as mangé quoi, à midi ? Ça t'a plu ?

Pourquoi tu ne portes jamais des minijupes, qu'on voie un peu tes guibolles ?

Ainsi, jusqu'à ce qu'il perde progressivement l'usage de la parole. Jamais personne ne croisa nos silhouettes apaisées.

Henri Kovner était son nom. Prononcer *Kovnère.*

Le jour où je me suis abonnée à Internet, le premier mot que j'ai tapé dans le moteur de recherche fut Kovno. La première réponse dans la liste disait : *Photo clandestine prise par George Kadish : scène photographiée lors de la déportation de Juifs du ghetto de Kovno (aujourd'hui Kaunas), Lituanie, 1942.*

Quelqu'un s'était appelé George Kadish et avait photographié des gens marchant vers leur mort.

J'avais hésité à cliquer sur le lien.

J'avais cliqué.

Le souffle coupé.

J'avais hésité à faire défiler les photos.

Juifs emménageant dans le ghetto de Kovno (aujourd'hui Kaunas). 1941.

Un habitant du ghetto réduit à la misère vend du pain au marché noir. Kovno (aujourd'hui Kaunas), entre 1941 et 1943.

Dans le ghetto de Kovno, le cadavre d'un Juif exécuté sur ordre des Allemands pend à une potence érigée près du bâtiment du Conseil juif (Judenrat). Kovno (aujourd'hui Kaunas), Lituanie, 18 novembre 1942.

Groupe d'enfants dans le ghetto de Kovno (aujourd'hui Kaunas), Lituanie, entre 1941 et 1943.

Deux jeunes frères, assis pour une photo de famille, dans le ghetto de Kovno. Un mois plus tard, ils étaient déportés dans le camp de Majdanek. Kovno (aujourd'hui Kaunas), Lituanie, février 1944.

Tous si vivants sur l'écran de mon ordinateur. Ils avaient traversé le temps, le ghetto, l'oubli, et ils étaient là. Je pouvais presque les toucher. Je pouvais apprendre par cœur les traits de leurs visages, à défaut de leurs noms.

Le plus jeune des frères ne devait pas avoir plus de deux ans. L'aîné, quatre. Chacun une étoile au bord mal découpé, côté cœur. Une étoile plus grande que leurs mains, il n'y avait pas de taille enfant pour les étoiles. Deux petits garçons de Kovno.

Mon nom disait que, comme eux, je venais de là-bas, où je n'avais jamais mis les pieds. Lila Kovner, c'est Lila de Kovno, aujourd'hui Kaunas, Lituanie.

L'heure du déjeuner s'achève et le soleil transforme cette journée d'automne en journée d'été. Un faisceau aveuglant traverse la vitre du bus, noyant la page sous une vague blanche qui l'empêche de lire. Elle n'aime guère l'été, il lui évoque une menace, une peur contre laquelle il faut se battre, alors qu'elle aurait envie de fuir. Le soleil brûlant, la chaleur étouffante. Les mouches et les araignées, bien sûr. Elle estime vulgaire d'aimer l'été, les vacances, la panoplie qui va avec. Les crèmes solaires l'écœurent, le sable des plages l'agace, la stridulation des cigales l'angoisse. Elle ne se sent bien que dans les saisons intermédiaires, surtout au printemps, quand la nature est en mouvement, quand *les arbres se recouvrent de dentelle verte et poignante*. Elle pourrait les contempler pendant des heures, au lieu de quoi elle passe ses journées à analyser des questionnaires sur les habitudes des Français en matière de téléphonie, de distractions, de voiture, de boisson. Elle dissèque leurs préoccupations écologiques, économiques, consommatrices. Elle essaie de comprendre les changements infimes qui annoncent les tendances, comme la victoire du thé sur le café, en quelques années, dans la population féminine âgée de vingt-cinq à cinquante-cinq ans. Elle a aimé son métier, il lui arrive même d'en tirer encore des satisfactions, d'y trouver de l'intérêt, mais ce qu'elle ne supporte plus, c'est la sensation d'être enfermée, prisonnière des murs et des horaires. Certains jours, lorsqu'elle termine son travail en avance, elle voudrait partir plus tôt, profiter de l'heure gagnée, mais non, elle est tenue de rester jusqu'au bout, chaque jour, de faire semblant ou de s'avancer pour le lendemain, et le surlendemain. Assignée à une place sans possibilité de mouvement. Le moindre désir de souffler est considéré comme suspect, alors qu'on pourrait y voir l'envie de puiser son énergie ailleurs. Depuis la naissance de Tim, et encore plus depuis la mort d'Héloïse, elle est accablée par l'idée qu'elle passe la majeure partie de son temps dans un bureau au milieu de gens qui ne suscitent ni son intérêt, ni son amitié. Elle visualise les heures écoulées là-bas telles des gouttes de plomb fondu qui tombent sur un terrain vague. Et elle, parquée au milieu d'une multitude d'hommes et de femmes, ployant lentement sous le poids du métal, avale de la poussière, comme les autres. Mais elle est la seule à lutter pour relever la tête, et continuer de regarder le ciel.

Le bus tangue. Elle vacille.

Il faudrait qu'elle déjeune, qu'elle avale quelque chose, mais manger serait une perte de temps, dans cette journée qui rétrécit à vue d'œil. Le bus passe devant des terrasses bondées où les femmes ont sorti leurs lunettes de soleil, c'est l'été indien. Les tables en sont toutes plus ou moins au café avant l'addition. Il faudrait peut-être entrer dans une de ces boulangeries où on se presse pour ingurgiter un sandwich ou une salade de carottes râpées mais Emmanuelle ne supporte pas l'idée de ressembler à elle-même, les autres jours. Le bien-être qui s'est diffusé dans son corps sous les mains des jeunes femmes se transforme en une agitation fébrile, proche de celle qui l'a saisie lorsqu'elle a prévenu de son absence ce matin. Le bus roule lentement derrière un camion-poubelle qui s'arrête tous les cinq mètres. Ce rythme broie quelque chose dans sa poitrine, un organe où se nichent l'impatience et l'appétit. Elle pense qu'elle est en train de chercher la bonne position pour vivre, comme on cherche la bonne position pour dormir et demande au chauffeur si elle peut descendre avant le prochain arrêt. Il ne dit rien, il a un visage pointu et pâle, de minuscules yeux inexpressifs et triangulaires, une calvitie naissante malgré des traits juvéniles. Je suis désolée, c'est urgent s'il vous plaît se sent-elle obligée d'ajouter, et sans répondre, sans même tourner la tête, il appuie sur un bouton qui déclenche l'ouverture automatique dans un soupir. Elle se demande pourquoi il lui rend service en s'interdisant d'être aimable. Elle marche en cherchant l'ombre, elle aimerait trouver l'entrée d'une grotte fraîche, ou d'un cinéma climatisé, elle ne croit pas qu'il y ait l'une ou l'autre dans les parages. Il faut qu'elle fasse encore quelques pas dans cette rue insignifiante et qu'elle prenne une décision pour arriver au point d'orgue de cette journée, pour atteindre le lieu, ou la personne, qui l'appelle. Un événement extraordinaire doit se produire. Prendre une décision ou suivre son instinct ? Aucune des deux attitudes n'est très facile à envisager. Elle accélère le pas et soudain sursaute en apercevant à quelques mètres un pantalon bleu-gris et une chemise bleue à fines rayures mauves. Elle est d'abord étonnée parce qu'Elias possède les mêmes, elle se revoit repasser ces vêtements, pas plus tard qu'avant-hier, au salon, près de Gary et Sarah regardant un dessin animé. Elias était descendu au marché avec Tim – elle préférait repasser quand le petit n'était pas dans les parages, redoutant qu'il déboule à quatre pattes sous la table de repassage, s'entortille un pied ou une main dans le fil électrique – et elle avait traqué tous les plis ou presque des vêtements en pensant au livre qu'elle avait acheté l'avant-veille à la librairie qu'elle affectionne près de son bureau, ne sachant plus pourquoi elle l'avait choisi, lui. Le titre – *Lila Kovner, dans ce monde* – lui avait plu, ou peut-être n'était-ce pas le titre dans son intégralité mais ce nom, Lila Kovner, qu'elle trouvait chic et prometteur. Et d'après la quatrième de couverture, l'héroïne du livre était photographe. À la réflexion c'était ça qui l'avait emporté, le nom de l'héroïne et le fait qu'elle était photographe. Si elle s'était appelée Maryse Dugoin, le livre l'aurait moins attirée, et si Maryse Dugoin avait été chargée d'étude dans une entreprise comme Adenxia, Emmanuelle aurait reposé le livre aussitôt. Mais Lila Kovner, photographe, Dieu que c'était beau.

Voilà à quoi elle avait pensé en repassant les chemises d'Elias – car dans le tas de linge il y avait principalement les chemises d'Elias, et elle disait toujours « les chemises d'Elias » comme s'il s'agissait d'une portée de chatons dont il fallait prendre soin. Elle fait un effort pour se souvenir des vêtements qu'Elias a enfilés ce matin, elle essaie de se représenter mentalement son mari à qui elle a souhaité bonne journée à peine quelques heures auparavant. Sans résultat. Elle essaie encore, parcourt intérieurement l'appartement, invisible et légère comme un courant d'air, le cherche dans la cuisine au moment où il prenait son café, il était déjà habillé, mais elle ne le distingue pas, elle le cherche dans leur chambre quand il est allé s'asperger d'eau de toilette – c'est le signal du départ chaque matin, il vaporise cette eau de toilette qu'elle lui a offerte pour son premier anniversaire après leur rencontre, il prend ses clés, sa sacoche, son casque – mais elle ne le voit pas dans la chambre, dans l'ascenseur non plus, ils étaient trop serrés les uns contre les autres, et puis elle était distraite, elle pensait à la fois au projet qui avait éclos dans la salle de bains et aux questions de Sarah sur la mort. Elle se souvient d'un regard qu'elle a lancé au miroir dans l'ascenseur, de la frimousse ensommeillée de Tim derrière elle, et elle y arrive enfin, elle voit Elias au moment où il s'est éloigné vers la crèche en portant Tim dans ses bras. Il portait ce pantalon et cette chemise, c'est drôle deux hommes habillés de la même manière le même jour dans la même ville, c'est très troublant, d'autant plus que l'homme à quelques mètres devant elle possède la même nuque gracile qu'Elias, et les mêmes cheveux châtains et bouclés, la même taille, la même allure détendue et confiante, et ce n'est pas si étonnant que ça, finalement, parce que cet homme contre lequel Emmanuelle risque de se cogner dans quelques secondes si elle se met à courir comme elle en a eu envie n'est autre qu'Elias, son mari et le père de ses trois enfants, dont elle avait oublié qu'il travaillait à deux rues d'ici, mais comment a-t-elle pu oublier une chose pareille ? Il a déjeuné avec son camarade de bureau, elle préfère le mot « camarade » au mot « collègue », qu'elle exècre, ils sortent certainement de ce bistrot où elle entre précipitamment et où le patron annonce à sa vue qu'on ne sert plus à cette heure-ci, la cuisine a fermé. Il prononce cette phrase d'un ton à la fois définitif et provoquant, elle répond que si on peut lui donner un peu de pain et de fromage avec un verre de vin elle s'en contentera. Il pointe du menton les tables, les chaises et les banquettes. Elle se laisse tomber sur une banquette, le cœur affolé d'avoir vu Elias par hasard dans la rue, paniquée à l'idée qu'il aurait pu se retourner, et elle aurait rougi telle une enfant prise en faute, elle n'aurait pas su, ou pas voulu lui expliquer les raisons de sa présence ici. Il aurait été amusé de la voir confuse ou, pire, il aurait soupçonné qu'elle le trompait ou qu'elle le soupçonnait, lui, et avait entrepris de le suivre telle une pitoyable femme jalouse. Elle descend aux toilettes passer un peu d'eau sur sa figure et autour des poignets, elle respire doucement, observe son visage. Son regard lui semble plus profond, ses yeux plus ouverts, sa peau plus éclatante, malgré l'éclairage faible et jaunâtre. Elle se souvient qu'elle est passée de mains en mains au grand magasin, et que la dernière femme à s'être occupée d'elle était différente des autres, plus âgée, avec un accent indéfinissable et envoûtant. Slave ou sud-américaine. Elle avait massé le visage d'Emmanuelle en descendant jusqu'au cou, et c'était elle qui lui avait massé les mains aussi avant de la maquiller, elle avait appelé ça une « mise en beauté », d'une voix rauque et chaude. C'est réservé à nos clientes qui ont cumulé un certain nombre de points sur leur carte de fidélité mais j'ai envie de vous l'offrir, et dans ses gestes sa voix et son regard il y avait en effet la satisfaction d'offrir, de faire du bien, elle était là pour une mission qu'elle accomplissait avec la bonté de ceux qui puisent leur bonheur dans celui qu'il procure aux autres. Bénie soit cette femme, murmura Emmanuelle devant le miroir, en pensant que ses yeux reflétaient peut-être aussi une lumière due à Lila Kovner, photographe.

Elle remonta s'asseoir devant l'assiette où un morceau de camembert toisait une feuille de laitue et se prépara une tartine. Tout était parfait : le pain, le beurre, le fromage, le vin. C'était si bon de manger à une heure qui lui convenait, où l'appétit et le temps qu'elle avait devant elle donnaient un autre goût à ce qu'elle prenait soin de bien mâcher. Elle respira l'odeur si familière de l'eau de toilette que portait Elias. Elle était peut-être assise à la même place que lui, quelle troublante coïncidence, pouvait-on y déceler un signe ? Cela signifiait-il que son mari était le mystérieux point qui l'attirait depuis ce matin et l'avait conduite à déambuler ainsi, entre le livre, les bus, le grand magasin et les rues ? Non. Si cela avait été le cas, elle lui aurait sauté au cou, ou bien elle lui aurait envoyé un texto disant simplement « retourne-toi ». Il aurait froncé les sourcils à la lecture du message, se serait retourné sans trop y croire et… quelle aurait été sa réaction ?

Depuis ce matin, elle charriait avec elle souvenirs, rêves, images non identifiées. Les visages de ses enfants, d'Héloïse, Gabriel, Nicolas, Éva, et même Malik et Lila surgissaient et s'évanouissaient, disparaissaient dans le roulis des vagues, remontaient à la surface. Celui d'Elias, si peu. Une phrase horrible résonna à son oreille, comme si une voix échappée d'un chœur antique l'avait prononcée à sa place. La salle était quasiment vide, les banquettes en cuir et les colonnes en laiton avaient repris leur air important, un homme et une femme quittaient le bistrot le sourire aux lèvres, en disant, Merci Gaëtan, tu nous épates toujours, et Gaëtan hochait la tête d'un air bourru, c'était sa façon d'admettre qu'il les aimait bien ces deux-là, les clients réguliers étaient plus faciles, ils ne prenaient pas trois heures pour choisir, et s'il leur assurait qu'il fallait opter pour l'onglet aujourd'hui, ils lui faisaient confiance. Emmanuelle plissa les yeux pour observer Gaëtan, donc, en train d'essuyer des verres d'un mouvement précis et sensuel, incrédule à l'idée qu'il ait pu prononcer cette phrase, presque un arrêt de mort, et en effet, quelle raison Gaëtan, patron comblé et aimé de ses clients d'un bistrot du onzième arrondissement de Paris, aurait-il eu de mettre bout à bout les mots « En vérité, Elias ne m'intéresse pas beaucoup », les mots qu'elle avait clairement entendus, et qui l'avaient fait sursauter, mais ce n'était pas elle qui les avait pensés non plus, elle contemplait le visage d'Elias le jour où elle l'avait vu pour la première fois, à la pendaison de crémaillère d'Alix, il y avait douze ans. Il avait attiré l'attention de tous en se lançant dans une série d'imitations, elle n'avait guère aimé sa pomme d'Adam saillante, et une sonorité dans sa voix lui avait déplu aussi, une trace de superficialité, mais ces deux réserves avaient vite été balayées par les regards furtifs qu'il lui lançait. Elle le trouvait attirant, charmant, et s'étonna de penser qu'il ferait un père très joyeux. Tout le monde a vu que quelque chose passait entre vous, lui avait dit Alix quelques semaines plus tard, quand Emmanuelle avait confié à son amie qu'Elias et elle partaient en vacances ensemble. En vérité, Elias ne m'intéresse pas beaucoup, répéta la voix, et Emmanuelle contempla son assiette vide comme si des lèvres s'étaient animées sur la faïence. Elle n'avait plus aucun doute, ce bistrot était ensorcelé et Gaëtan, sous ses airs bourrus de restaurateur qui connaît son métier, était un mage aux pouvoirs étendus, il avait projeté la silhouette d'Elias dans la rue tout à l'heure, pour attirer Emmanuelle dans son bistrot tapissé de sortilèges et lui donner le vertige avec cette phrase qui prenait de l'ampleur et allait plus loin que précédemment, En vérité Elias ne m'intéresse pas beaucoup, il n'y est pour rien, il est l'étudiant en droit devenu conseiller juridique d'une entreprise d'informatique qui m'a fait rire il y a douze ans chez Alix, à quelques cheveux blancs près, à quelques kilos près, mais s'arrête-t-on à ces détails lorsqu'on aime quelqu'un ? Non. Ce qui s'était glissé entre eux était bien plus impardonnable que le temps qui affaisse les traits. Personne, en les voyant, n'aurait pu dire *Il y avait entre eux une attirance très forte et une complicité manifeste, pas d'agacement, de renoncement, de gestes mécaniques ou d'inquiétude irrationnelle, comme ce qui émane souvent des couples devenus un jour des parents*. Et si personne ne pouvait le dire, elle-même n'aurait pas pu le penser, d'autant plus que les derniers mots la gênaient, elle refusait de croire que les enfants étaient responsables du manque d'éclat de leur relation. Elle se dépêcha de sortir son porte-monnaie et de demander à Gaëtan, Monsieur, combien je vous dois s'il vous plaît ? Douze euros cinquante avec le vin, précisa-t-il, comme s'il lui devait des explications sur l'addition, ou qu'il tenait à prouver qu'il pratiquait des prix honnêtes. Elle paya, sortit, se remit à marcher dans la direction opposée à celle qu'avait prise Elias, la tête lourde d'alcool et de chaleur. Elle serait bien allée à l'hôtel faire une sieste, aurait tout débranché, son portable et le téléphone dans la chambre, elle aurait demandé qu'on ne la dérange sous aucun prétexte et aurait dormi tout son soûl, oh oui, l'idée était si tentante, c'était certainement après ça qu'elle courait depuis dix ans : des nuits ininterrompues, sereines comme des pleines lunes. Elle manquait de sommeil depuis la naissance de Gary, elle pensait s'être habituée à l'arrivée de Sarah, mais la naissance de Tim l'avait achevée en quelque sorte, elle ne se demandait même plus comment elle faisait pour tenir avec des nuits de six heures dans le meilleur des cas, souvent entrecoupées, quand ce n'était pas l'un c'était l'autre, et c'était toujours elle qui se levait. Elias affirmait ne rien entendre, sans exprimer une once de culpabilité, il lui arrivait même d'en rire. Les hommes ont l'ouïe qui diminue sensiblement la nuit, avait-il lancé au cours d'un dîner chez Éva, et tout le monde avait souri, complice de cette énormité. Depuis onze ans elle s'arrachait au sommeil pour un biberon, une tétine, un sirop, tâter un front chaud, appeler un médecin en chuchotant, de crainte de réveiller quelqu'un, elle et l'enfant malade c'était bien suffisant. Et le lendemain matin Elias avait un regard étonné pour l'ordonnance posée sur la table près d'un flacon de Doliprane, remarquant, un brin perplexe, qu'elle n'y était pas la veille. C'était elle qui courait apaiser Gary réveillé par un cauchemar où des araignées géantes l'encerclaient, elle qui changeait en pleine nuit les draps de Sarah qui avait fait pipi, elle qui berçait Tim en chantonnant une comptine, elle qui ne fermait pas l'œil, déchirée par les quintes de toux de l'un ou l'autre, désolée et pleine de rage de ne pouvoir calmer ces hoquets qui secouaient leur petit corps. Et pendant ce temps, rien ne troublait le sommeil d'Elias, alors ce n'était pas surprenant qu'elle ait entendu « En vérité, Elias ne m'intéresse pas beaucoup ». Quand on manquait de sommeil, on perdait le nord. Elle avait lu que le maintien en éveil était une torture très efficace, et aussi que l'être humain pouvait tenir plus longtemps sans manger que sans dormir. Elle en voulait parfois à Elias, bien sûr, elle était même en proie à des bouffées de colère ou d'hostilité à son égard, mais de là à dire qu'il ne l'intéressait pas, il y avait un pas qu'elle ne pouvait franchir. Pouvait-elle lui reprocher d'avoir gardé cette allure juvénile et cette légèreté qui l'avaient tant séduite ? Ils avaient le même âge, mais parfois, en contemplant des photos de vacances, par exemple, elle se disait qu'elle paraissait dix ans de plus que lui, c'était comme ça, personne n'était fautif ou coupable, il y avait en elle une gravité dont il était dépourvu, ce n'était pas un défaut mais une donnée, qui les avait peut-être éloignés l'un de l'autre, autant que les heures de sommeil gâchées d'Emmanuelle et les reproches qu'elle pouvait lui faire sur tout ce qu'il était incapable d'anticiper, c'est-à-dire principalement les contraintes qui découlent du fait d'avoir trois enfants âgés de dix, cinq et un an et demi. En même temps, c'était si reposant de vivre aux côtés d'un homme qui n'était soucieux que lorsqu'il avait une raison précise de l'être, avec lequel elle avait plaisir à sortir, sur qui elle surprenait parfois le regard d'autres femmes, pas forcément plus jeunes qu'elle mais plus entreprenantes, un homme qui aimait ses enfants, et surtout un homme sans lequel elle ne pouvait envisager sa vie, sauf lorsqu'elle se laissait aller à ses divagations morbides mais elle n'était pas dupe, au fond, elle savait bien que ces petits jeux sans conséquences avec la mort de ceux qui lui étaient les plus chers au monde n'avaient d'autre but que de lui faire croire que oui, il était possible de repartir de zéro dans une vie. Mais c'était un fantasme inaccessible.

Pour tout recommencer, il fallait partir, la plupart du temps. Abandonner ce à quoi on était le plus attaché.

Une femme avait fait cela. Elle avait fêté Noël avec sa petite fille le 24 au soir, elles étaient allées à la messe et la petite n'avait pas quitté l'Enfant Jésus des yeux, un poupon magnifique et potelé revêtu d'une robe de baptême. Près de lui, Marie avait un regard doux et louchait légèrement, on ne savait pas si l'artiste qui avait peint le mannequin avait ajouté ce détail de sa propre initiative ou si sa main avait tremblé en dessinant les yeux de la toute jeune mère, et un peu plus loin se tenait Joseph, l'air peu avenant, cheveux, yeux et barbes sombres, l'air absent, comme si cette histoire ne le concernait pas vraiment. La petite fille avait trouvé une poupée et une dînette près de la cheminée le lendemain matin, des cadeaux qu'elle conserverait toute sa vie. Ensuite, la mère lui avait dit qu'elle allait la déposer chez ses grands-parents, car elle devait partir en voyage quelques jours. La mère avait bu un thé avec ses parents pendant que la petite fille jouait dans la neige au jardin, essayant sans succès de construire un bonhomme, frustrée de ne produire qu'un tas moche, informe, qui ne ressemblait en rien aux boules lisses et parfaites des bonshommes de neige qu'on voyait dans les livres. La mère avait mis le moteur de sa voiture à chauffer avant de venir dire au revoir à sa fille. Elle avait remonté la fermeture Éclair de l'anorak de la gamine jusqu'au menton, et l'avait embrassée sur ses deux joues fraîches en disant Amuse-toi bien avec papi et mamie, et sois sage. Elle avait baissé la vitre du véhicule pour sortir sa main et l'agiter, juste avant que le virage la dérobe au regard de sa fille. Allez viens, on rentre, il fait froid, avait dit la grand-mère, le visage contrarié. Et la petite avait eu l'impression qu'un vent glacé soufflait dans son ventre et gelait ses organes, elle ne savait pas comment se débarrasser de cette sensation désagréable, même le chocolat chaud gelait immédiatement dans son ventre, et le lait à la vanille que sa grand-mère lui donna avant qu'elle aille se coucher, une phrase tremblant au bord des lèvres, Elle va revenir quand, maman ? La phrase qu'elle n'osa pas prononcer le soir même, ni les jours qui suivirent, ni à la rentrée, le 5 janvier, lorsque sa grand-mère lui tendit son cartable (comment était-il arrivé là ? elle ne se rappelait pas l'avoir apporté) en lui disant Viens, tu vas aller à l'école ici maintenant, ta mère ne reviendra pas tout de suite. Il n'y avait rien à dire à cela, les questions étaient trop immenses pour sortir de sa bouche ou trop dures, comme des barres de fer, elles ne passaient pas. Le vent froid soufflait de plus en plus fort dans son ventre, et seul le corps chaud de Willy, l'épagneul de ses grands-parents, la réchauffait un peu. Quatre ans avaient passé, avec pour unique signe une carte en décembre qui disait toujours à peu près la même chose : « Joyeux Noël, ma petite Héloïse. Tu as dû bien changer. Je sais que tu es une bonne petite fille et je pense à toi. Bientôt, nous nous retrouverons. Maman. » Quatre ans durant lesquels la petite fille avait joint les mains matin et soir dans sa chambre, implorant le Seigneur de pardonner les péchés dont elle était coupable. Il y avait la gourmandise, bien sûr, elle aimait tant les marrons glacés et les fruits confits, et il lui arrivait de se glisser au salon lorsqu'elle savait sa mère occupée et d'ouvrir doucement la porte du buffet pour se servir une cerise ou de l'angélique dont le goût la figeait sur place et lui tournait la tête : c'était comme mordre dans le bonheur et le sentir éclater sous les dents en vaguelettes sucrées. Et il y avait le mensonge aussi – toutes ces fois où elle avait dit, Oui je me suis lavé les mains, oui je me suis brossé les dents, alors qu'elle s'était contentée de passer sa brosse sous l'eau. De cela elle s'était confessée, bien sûr, et elle se souviendrait toute sa vie du prêtre qui avait confirmé de sa voix fluette, En effet, tu as péché, il faut te repentir et tu reverras peut-être ta mère un jour. En attendant, récite chaque matin deux *Pater* et chaque soir deux *Ave*, tu ne dois en oublier aucun, jamais, sous aucun prétexte, sinon elle ne reviendra pas. Alors elle priait de toute son âme, de toutes ses forces, elle implorait Marie qui couvait si tendrement son enfant du regard à l'église, elle tirait sa grand-mère par la manche pour être le plus près possible de la statuette, et avant d'avaler l'hostie, elle levait les yeux vers Jésus sur sa croix avec l'impression qu'ils souffraient tous deux de la même manière, ils avaient tous deux été abandonnés – à quoi ? pourquoi ? – mais ça, elle le pensait vraiment tout bas, elle savait que c'était péché d'orgueil. Un matin du mois de juin, à la fin de la cinquième, sa grand-mère lui avait dit Aujourd'hui ta mère vient déjeuner et tu repartiras avec elle. Prépare tes affaires dans un sac, le nécessaire. Le reste, on te l'apportera plus tard. Et tout s'était déroulé dans un naturel aussi sidérant que la disparition. La voiture était apparue au tournant, sa mère avait klaxonné, était descendue du véhicule, très belle, très élégante, elle avait tendu les bras à Héloïse qui s'était avancée lentement, incapable de ressentir quoi que ce fût à part un léger étonnement. Tu vas vivre avec nous à Blois maintenant, lui avait dit la mère dans la voiture. J'ai un mari qui sera ton papa et un petit garçon, Gilles-Antoine. C'est ton frère. J'espère que vous vous entendrez bien. Et elle n'avait pas lâché un mot sur sa disparition ni sur les causes de son retour, tout comme elle n'avait jamais dit à Héloïse pourquoi elle n'avait pas de papa, regardant la route devant elle, tenant le volant fermement des deux mains, droite, attentive, comme une personne responsable par qui un accident ne pourrait jamais arriver.

Emmanuelle revoyait Héloïse assise en face d'elle, dans ce restaurant libanais où elles avaient échangé leurs premières confidences. Elle était enceinte de cinq mois et cette première grossesse se passait parfaitement, sans les désagréments effrayants dont elle avait lu la liste dans le livre de Laurence Pernoud qu'elle regrettait avoir payé si cher. Pressée d'arriver au jour de la naissance de son enfant, de le serrer dans ses bras et lui parler, elle se sentait pleine de petits ressorts. Il fallait qu'elle exprime cette énergie qui l'agitait, alors elle s'était inscrite à la chorale du quartier, après avoir vu une annonce à la bibliothèque municipale : *Chorale exclusivement féminine cherche voix débutantes ou confirmées. Bonne humeur exigée.* La joie de se fondre au milieu des autres l'avait aussitôt habitée, elle s'émerveillait de sentir sa voix se faufiler dans le tissu des autres voix. À la fin de la deuxième chanson (un canon russe dont elles avaient la transcription phonétique et qui chantait la peine du soldat de retour du front apprenant que sa fiancée l'avait trahi), son regard avait croisé celui d'Héloïse, qui avait eu un mouvement imperceptible de la tête, l'accueillant, partageant avec elle le silence ému qui résonnait des dernières notes. En croisant ce regard, elle avait eu *la conviction intime et violente que ce n'était pas la première fois*. Après l'interprétation d'un dernier gospel, le groupe s'était éparpillé, des femmes pressées de rentrer s'étaient élancées dans la nuit en laissant rebondir derrière elles des au revoir, à la semaine prochaine, les filles, d'autres étaient parties par groupes de deux ou trois, ayant manifestement un projet pour la soirée. Héloïse s'était approchée d'Emmanuelle en souriant et s'était présentée. Emmanuelle avait été frappée par cette façon de se tenir, de regarder et parler : un mélange de bonnes manières et d'intérêt réel pour la personne qui faisait face, des yeux vifs derrière des lunettes de couleur, un port de tête d'une distinction absolue. Elles avaient bavardé quelques minutes puis Emmanuelle s'était éclipsée – Elias l'attendait devant un cinéma pour voir *On connaît la chanson* – et elle avait conservé toute la soirée la douce empreinte de cette rencontre mêlée à la mélancolie en demi-teinte du film, heureuse de savoir qu'elle retrouverait cette femme la semaine suivante. Elle avait partagé avec Elias l'allégresse qui avait circulé dans son corps avec le chant, la sublimation du monde grâce à la musique, et l'impression que lui avait laissée cette Héloïse dont elle n'avait retenu que le prénom, la voix distinguée et la gentillesse manifeste.

Ainsi, elle n'avait pas connu le coup de foudre en amour, mais en amitié, oui. Tous les jeudis, elles s'attardaient un peu plus pour bavarder. Un soir, Héloïse suggéra, en lançant un coup d'œil au ventre d'Emmanuelle, qu'elles feraient peut-être mieux de s'asseoir quelque part. Elles prirent un verre à la brasserie. Héloïse posa plusieurs questions à Emmanuelle sur les sondages, les études de marché, les statistiques, avec une curiosité évidente, et lui parla de sa passion pour l'enseignement, ou sa vocation plutôt, il n'y avait pas d'autre mot, et aussi des groupes qu'elle accompagnait tous les étés en Asie, du sentiment de transformation inouï qu'on ressentait là-bas. Elles poursuivirent la conversation en sautant d'un livre à un film, du chant à la maternité proche d'Emmanuelle, il y avait tant à dire, un sujet en appelait un autre, alors l'une d'elles, peut-être était-ce Emmanuelle, peut-être Héloïse, avait suggéré qu'elles pourraient dîner ensemble une prochaine fois. Ça ressemblait à des travaux d'approche, à de petits pas de danseuses sensibles. Je connais un très bon libanais, si tu aimes, avait dit Héloïse, et elles avaient fixé ce dîner à la semaine suivante. Il y avait quelque chose de solennel dans l'air ce soir-là, elles s'apprêtaient à franchir une ligne toutes les deux, et si elles ne le formulaient pas, elles ne l'ignoraient pas non plus. Une fois la commande passée, elles avaient cherché le point où leur conversation s'était interrompue, il y avait eu une gêne fugace, un flottement, mais très vite Héloïse avait posé une question à Emmanuelle sur la clinique où elle accoucherait, et les phrases s'étaient enchâssées les unes dans les autres sans peine, la voix d'Emmanuelle baissant comme une lumière qui se tamise, glissant au passage J'ai une histoire un peu compliquée, ou bien J'ai une blessure qui ressurgit un peu je pense en ce moment, j'arrive très bien à vivre avec depuis toujours, j'y pense même très peu, mais là ça revient, et Héloïse avait hoché la tête avec un sourire si doux qu'Emmanuelle avait pu aligner les mots « Ma mère est morte quand j'avais dix ans d'une rupture d'anévrisme ». Le serveur avait apporté un plat à cet instant en les prévenant Attention les gazelles, c'est chaud, et il ne pouvait pas mieux tomber, la diversion était parfaite, il fallait que le temps, immobilisé par les mots, se remette à danser sur sa ligne de fuite. Héloïse avait recueilli la confidence et noté le changement d'expression d'Emmanuelle, elle avait lu sur le visage de sa nouvelle amie Maintenant je vais manger, à toi de parler si tu veux, je ne peux pas en dire plus. Et Héloïse avait raconté le Noël de l'abandon, comme elle l'appelait. Elles se savaient engagées sur des chemins où elles ne s'aventuraient guère, des chemins interdits la plupart du temps, devant lesquels elles avaient érigé des barbelés et laissé pousser les ronces, mais qui les attiraient inexorablement, où il était bon de marcher à deux, même si c'était douloureux, même si la gorge se serrait parfois et que les yeux se remplissaient de larmes, il était bon de livrer ces années d'enfance saccagées et de sentir chaque mot et chaque silence compris par l'autre, qui devenait une sœur précieuse et irremplaçable, alors oui, ce soir-là dans le restaurant libanais, Emmanuelle s'était sentie *consolée*, d'une certaine manière, et rassurée par la présence d'Héloïse dans sa vie, pleine de gratitude pour ce lien qui lui procurait une confiance inédite. Ce n'était pas la première fois qu'elle connaissait l'amitié, bien sûr : depuis plusieurs années elle partageait de gais moments avec Alix, rencontrée durant ses études. Une fille si vive, si drôle, maniant le second degré avec la dextérité d'un pizzaiolo. Il y avait aussi Éva, la femme du meilleur ami d'Elias, qui l'avait impressionnée par son énergie inépuisable dès le premier week-end passé dans leur maison de campagne, par sa capacité à organiser un déjeuner en un clin d'œil, à mettre les gens à l'aise en quelques mots. Mais avec Héloïse, c'était autre chose. Elles allaient plus loin ensemble. Sa présence lui assurait une protection extraordinaire : Emmanuelle accueillait les tracas ou les contrariétés avec plus de légèreté et vivait plus intensément les joies en sachant qu'elle les partagerait avec son amie. Un jour, elle s'était fait une réflexion : Héloïse en savait beaucoup plus sur elle qu'Elias. Les questionnements incessants d'Emmanuelle sur ses enfants, les affrontements au bureau entre son chef de service et la DRH, le ton mielleux de la nouvelle secrétaire de direction qui faisait courir des pinces de crabe dans le ventre d'Emmanuelle, les déboires épuisants avec les voisins du dessous, qui ne supportaient pas les cris et les sauts des enfants, et l'évolution de sa relation avec Elias, bien sûr, tout intéressait Héloïse, tout la faisait réagir, elle l'écoutait attentivement, les yeux plissés, le visage incliné, cherchant les mots justes pour formuler ce qu'Emmanuelle ressentait, l'aidant à considérer la situation autrement, toujours sereine, avec cet encouragement muet : il y a une solution. Héloïse « voyait quelqu'un », comme elle disait, et Emmanuelle sentait que ce quelqu'un lui avait donné des clés ouvrant des pièces contenant des secrets révélés. Héloïse l'encourageait parfois. Tu devrais aller voir quelqu'un, ça fait du bien, tu sais, mais elle n'en avait pas le temps, elle ne le trouvait pas. Déjà à la naissance de Sarah elle avait quitté la chorale, renonçant aux jeudis où sa voix s'élevait avec euphorie dans celles des autres femmes, avec en tête la petite sirène et ses sœurs s'élançant des profondeurs de la mer vers la surface où le soleil miroitait. Dégager deux heures chaque semaine pour se rendre chez quelqu'un, elle ne voyait pas comment. Elle se rassurait en pensant qu'Héloïse remplissait un peu cette fonction d'écoute bienveillante – Héloïse avait employé ces mots qui lui avaient mis les larmes aux yeux, inexplicablement –, même si ce n'était pas tout à fait comparable.

Depuis la soirée au restaurant libanais, ni l'une ni l'autre n'avaient reparlé des mères qui disparaissent à Noël ou en été, laissant leurs filles à moitié mortes derrière elles. La confidence avait scellé le lien, *comme les sangs mêlés des pactes d'enfance*, car même en confiance, entre petites filles démolies qui avaient survécu, elles ne pouvaient pas tenter le diable et réveiller les démons trop souvent. Elles savaient, et c'était amplement suffisant. Elles poursuivaient leur conversation en respectant ce périmètre de sécurité, et il y avait tant à raconter, chaque fois, en entremêlant le passé et le présent.

Emmanuelle s'arrêta net. Comme tout à l'heure au restaurant, il lui sembla qu'une voix extérieure, toute proche, à la fois sinistre et claire, venait de prononcer les mots « Héloïse a été abandonnée par sa mère le jour de Noël et elle est morte le lendemain de Noël ». Elle resta en arrêt devant une boutique de valises et de sacs bon marché, se laissant bousculer par le flot des passants qui s'était épaissi depuis qu'elle était arrivée place de la République. Des hommes et des femmes à la peau foncée tenaient silencieusement des pancartes où s'étalaient des photos de corps mutilés. Elle détourna les yeux et regarda autour d'elle comme si elle était perdue au milieu de la jungle alors que les lieux lui étaient parfaitement familiers, elle avait fait une halte devant ce manège quinze jours auparavant avec ses enfants, sur le chemin du dentiste. Elle avait répété à plusieurs reprises, Un seul tour, d'accord, je ne peux payer qu'un seul tour. Sarah était montée dans un hélicoptère avec Tim. Gary avait bondi dans une tasse que l'on pouvait faire tourner avec un volant, Sarah avait protesté en disant que ce n'était pas juste, qu'elle aussi avait eu envie d'aller dans la tasse et n'avait pas pu le faire à cause de Tim. Elle avait continué de râler tandis que le manège avait commencé à tourner, et Tim, se sentant soudain très peu en sécurité, s'était mis à pleurer. Gary tournait le volant de la tasse avec l'ardeur d'un bûcheron ukrainien, et peut-être aussi avec la malice d'un enfant provoquant sa sœur, c'était ainsi en tout cas que Sarah l'avait perçu car elle boudait de plus belle dans son hélicoptère bleu pailleté, au son de la chanson des *Aristochats* où tout le monde voulait devenir un cat, Alléluia. Emmanuelle s'était époumonée Appuie sur le bouton, appuie sur le bouton pour faire monter l'hélicoptère ! avec la conscience aiguë d'ajouter du ridicule au pathétique, fâchée contre elle-même, marmonnant, Mais pourquoi même un tour de manège ressemble à une lutte pour la survie ? Évidemment, elle avait accepté de payer un second tour, afin que Sarah puisse aller dans la tasse. Gary lui avait cédé la place sans protester, ôtant du même coup l'intérêt que l'on pouvait porter à la chose, il était descendu du manège en lâchant un « de toute façon c'est pour les bébés » que Sarah avait fait mine de ne pas entendre et Emmanuelle avait dû monter dans un camion de pompiers pour tenir Tim sur ses genoux. Le tour s'était déroulé dans le calme, au son de *L'amour brille sous les étoiles* mais personne n'y avait pris plaisir, il semblait interminable, Sarah tournait le volant d'un air distrait et Tim s'endormait dans les bras d'Emmanuelle. Aujourd'hui, d'autres enfants avaient pris d'assaut les motos et les hélicoptères, une petite fille – visage dessiné au pinceau et cheveux crépus – tournait le volant de la tasse avec grâce, et, à la chanson émise par le haut-parleur, « Il en faut peu pour être heureux, vraiment très peu pour être heureux, il faut se satisfaire du nécessaire », se superposait la voix qui savait tant de choses et répétait « Héloïse a été abandonnée par sa mère le jour de Noël et elle est morte le lendemain de Noël ». Une fois de plus les pas d'Emmanuelle l'avaient conduite quelque part sans qu'elle l'envisage, sans qu'elle s'en rende compte, et il tenait du miracle qu'elle n'ait pas eu d'accident à l'heure qu'il était. Elle avait renoncé à comprendre comment s'opérait ce détachement de son corps et de son esprit. Le ciel au-dessus d'elle était devenu gris-jaune, l'air s'était épaissi, un désir d'orage montait de la terre vers le ciel sans que le vent précurseur agite les feuilles des marronniers. Elle fut sur le point de capituler, de prendre le métro ou un taxi et de rentrer à la maison. Elle pourrait se préparer un thé glacé, s'installer sur le canapé, jouir de la quiétude de l'appartement et terminer le livre, il ne lui restait plus beaucoup de pages à présent, mais ce n'était pas chez elle qu'elle voulait le finir, et d'ailleurs, si elle ignorait comment elle pouvait marcher sans en avoir conscience, elle savait parfaitement où ses pas la conduisaient, à présent.

Gare du Nord. Elle hésite encore. Il y a ce train qui va en Angleterre en passant sous la Manche. Ce serait merveilleux d'aller à Londres maintenant, des années après la pitoyable expédition en compagnie de Nicolas. Elle en a si souvent rêvé depuis, elle a été jalouse d'Éva qui s'y rend régulièrement pour le travail et qui répète Londres est hors de prix, ce n'est pas possible. Heureusement que c'est le boulot qui paie mes frais. Alors Emmanuelle n'a jamais envisagé ce voyage comme un projet réalisable, elle s'est vaguement persuadée qu'Elias et elle iraient plus tard, lorsque les enfants seraient grands. Une perspective qui lui paraît soudain sinistre. Elle se voit aux côtés d'Elias dans vingt ans. Deux vieux touristes devant le palais de Buckingham. Elle force le trait, attribue un bermuda et un bob à Elias et s'afflige de grosses lunettes de soleil bon marché, d'un ciré noué à la taille. Nul n'est tenu de ressembler à cette caricature de retraités en voyage, elle le sait, mais elle comprend surtout qu'on ne peut pas vivre indéfiniment en disant, après, plus tard, un jour, alors ce billet pour Londres est vraiment tentant, c'est si simple, elle n'a qu'à sortir sa carte bleue. Elle ira dans un parc, elle se souvient d'écureuils et de pélicans, elle cherchera la vieille dame qui nourrit les pigeons dans *Mary Poppins* en répétant Donnez à manger aux oiseaux, deux *pence* le paquet, et elle ira chez Harrod's, bien sûr. Elle choisira un hôtel modeste, et de toute façon, une chambre pour une personne, une nuit, c'est quelque chose qu'elle peut payer, ça n'a rien à voir avec les frais à engager pour déplacer une famille entière. Elle marchera longtemps dans les rues, elle ira peut-être se faire couper les cheveux, et par cet acte de vie banal elle deviendra un peu londonienne, elle mangera lorsqu'elle aura faim et ce qui lui fera envie, elle s'endormira lorsqu'elle aura sommeil et aucune sonnerie ne troublera sa nuit, elle se réveillera lorsqu'elle aura dormi tout son soûl et s'étirera dans son lit en fermant les yeux, en les rouvrant, elle laissera peut-être ses mains caresser son corps et lui donner du plaisir, elle imaginera que les filles du grand magasin l'effleurent indéfiniment avec mille mains et elle marchera dans la fraîcheur matinale de Londres, devant les façades immaculées et les *cottages* en brique rouge dans lesquels elle imagine que l'on se sent toujours protégé, avant de reprendre le train pour Paris et de retrouver ses enfants, Elias, sa vie, son travail, et le contraste entre la vision enchantée de Londres et celle des bureaux d'Adenxia fait jaillir une salive acide dans sa bouche, elle secoue la tête, lève les yeux vers le panneau d'affichage tel le croyant s'élevant du regard dans une cathédrale. Le prochain Eurostar est prévu dans une heure mais un autre train part dans vingt minutes, un train pour Beauvais. C'est là-bas qu'elle a grandi, c'est là qu'habite toujours son père et c'est là qu'elle doit aller, elle n'a plus aucun doute. Londres, ce sera pour une autre fois, pas dans vingt ans, pas quand les enfants seront grands, elle a compris que c'était possible, que ça pouvait être un acte simple, à portée de main, et non plus un rêve à la consistance impalpable, Londres ce sera bientôt, mais pas maintenant.

Le train vient de quitter la gare. Il met une heure pour relier Paris à Beauvais. Elle se cale dans le siège et pousse un soupir. À aucun moment ce matin, ou il y a quelques heures encore, elle n'aurait imaginé acheter un billet pour cette ville. Elle ne sait pas ce qu'elle va y faire. Le plus naturel serait d'aller vers la petite maison entourée d'une palissade en bois que son père a repeinte en mauve l'an dernier. Sonner à la porte, embrasser son père, lui dire Bonjour papa, j'avais besoin d'être près de toi. Non, il pourrait s'alarmer. Avoir besoin, c'est quand même fort. Bonjour papa, j'ai eu envie de te voir. Tout va bien, je t'assure, mais il fallait que je sorte de Paris. J'ai pris une journée. Il ne poserait pas de question, il la laisserait parler, ou se taire, mais il lui ferait un compliment certainement, l'installerait dans le jardin et lui dirait Ne bouge pas, je reviens, je t'apporte à boire, tu dois mourir de soif par cette chaleur, c'est fou, on est déjà fin septembre. Ils seraient juste tous les deux, depuis combien de temps cela ne leur est-il pas arrivé ? Elias, les enfants et elle lui rendent régulièrement visite, mais elle seule, jamais, alors elle a un peu cessé d'être sa fille pour devenir la mère de ses petits-enfants, c'est normal. Mais là, elle serait heureuse de redevenir la fille de cet homme qui est resté toujours debout pour elle, ne s'est jamais plaint, a cherché à être le meilleur père possible, en s'essayant parfois à être une mère, en préparant des gâteaux pour la fête de l'école, car c'était un fait, la plupart du temps c'étaient les mères qui s'occupaient de ces choses-là, les hommes à la rigueur s'occupaient du barbecue le jour de la kermesse. Et ce qui était vrai alors l'était toujours, c'était elle aussi, Emmanuelle, qui faisait des gâteaux pour la fête de l'école, jamais Elias, et en pensant à son père suivant fidèlement les directives du livre de recettes ouvert sur la table de cuisine, une onde de gratitude la parcourt. Il cherchait à se surpasser et se lançait chaque fois dans des recettes plus ardues, il avait fini par créer de véritables décors de théâtre en pâte d'amandes, en meringue et en biscuits, ses camarades lui disaient Tu as de la chance d'avoir un père pâtissier. Non, il n'est pas pâtissier, disait-elle, il est menuisier. Et elle en était fière. En y réfléchissant, ces gâteaux étaient le plus beau des cadeaux qu'il pouvait lui faire, d'autant qu'il ne prenait pas la place de sa femme dans ce domaine, les gâteaux et les kermesses, ce n'était pas son truc, ça me gonfle ces histoires disait-elle, on va acheter des boissons pour la fête de l'école, et puis basta.

Ce sera bien d'être avec lui, de le regarder verser une citronnade qu'il lui tendrait avec un sourire, de l'écouter prendre des nouvelles des enfants, et raconter comment le cerisier lui a donné du souci, cette année. Elle se laisserait bercer par ses paroles, puis par le silence, s'endormirait dans le transat – toujours cette obsession du sommeil – et se réveillerait à peine lorsque son père la couvrirait délicatement d'un drap en coton. On dort mieux couvert, dit-il, même quand il fait chaud, et ça aussi c'est un des souvenirs les plus tenaces de son enfance et de son adolescence, son père la couvrant dans son sommeil, l'immense caresse du drap ou du plaid posés tendrement sur elle.

Mais peut-être son père est-il absent aujourd'hui. Il lui arrive de partir pour un jour ou deux, seul ou avec un ami. Il aime marcher, ne fume pas, mange sainement, est très en forme. Il s'est acharné toute sa vie à être en bonne santé et faire attention à lui, il savait qu'il n'avait pas le droit de mourir. Et puis, même s'il est là, elle n'est plus sûre de vouloir être loin des enfants et d'Elias ce soir, au contraire, elle désire les voir, les sentir près d'elle, leur sourire, les embrasser, les écouter raconter leur journée. Elle a cette disponibilité-là, soudain. Elle a en elle de la place pour eux. Ce qu'elle voulait, c'était être dans un train, se sentir transportée, accorder son temps à celui du livre, lire encore et jouir de cette sensation d'irresponsabilité si douce. Elle pourrait prendre le train du retour sitôt arrivée, pour être à l'heure devant la grille de l'école de Sarah, à l'heure à la crèche de Tim, à l'heure pour la cérémonie à la mémoire des enfants déportés à l'école de Gary, et elle pense combien il est curieux que cette cérémonie ait lieu le jour où elle lit ce livre, avec des évocations d'enfants juifs assassinés glissées entre les pages.

Je dors à l'hôtel ce soir, j'ai besoin de cette dernière nuit à Paris. Hier, c'était différent, ça ne ressemblait pas vraiment à une dernière nuit parce que j'étais encore chez moi. À présent, je suis pleinement débarrassée de tout ce qui me rattachait ici. Je n'ai plus d'adresse et cela me procure une légèreté extraordinaire.

Paris-Berlin. Berlin-Varsovie. Varsovie-Vilnius. De Vilnius, prendre un billet sur place, il y a des trains pour Kovno régulièrement.

L'avion aurait été moins cher, et moins long.

Mais je veux rejoindre Kovno lentement, je veux faire ce voyage où la terre natale s'éloigne en restant dans le dos et où l'autre pays approche, image après image, dans le cadre fixé par la fenêtre du train. En avion, il y a cette sensation d'être arraché au sol et de dézoomer que je déteste, on saute d'un point à un autre, et ce qui est au milieu n'a guère d'importance.

Surtout, je veux emprunter le même chemin que mon père, à l'envers. En m'arrêtant dans la ville natale de ma mère.

Comme pour un portrait. Saisir la fin, remonter le cours des événements.

Demain, je partirai. Dans trois jours, j'y serai. L'agitation de cette année s'est évanouie. Je ressens déjà une grande douceur et une grande plénitude. Je regarde mon Leica qui va revivre entre mes mains. Partir avec lui, là-bas, est d'une telle évidence. Ce fut une longue mise au point, pourtant, que je dois à Malik. À la douleur de sa disparition et à cette photo prise après sa mort. C'était si difficile d'accepter ce geste, de finir la pellicule sans lui, de prendre en photo un monde où il ne figurait plus. J'aurais pu prendre des photos à vide, mais ç'aurait été pire. En saisissant mon appareil ces jours-là, je renouais un lien avec le monde. Mon lien. Celui où je n'avais jamais eu besoin de personne. Ni de père, ni de mère, ni d'amour.

C'est moi qui ai développé la pellicule. J'ai tremblé en voyant le corps de Malik et son visage se révéler sur le papier. Ses contours, ses cheveux, son grain de peau ressuscitaient sous mes yeux. Les larmes coulaient lentement sur mes joues, douces et chaudes, si bonnes. J'ai pleuré longtemps dans cette chambre noire que Zacharie appelle « le ventre de la mère ». J'ai laissé couler les ruisseaux comprimés qui m'étranglaient, je me suis vidée. Longtemps. Je ne savais plus ni le jour ni l'heure. Et puis j'ai accepté de regarder la première photo prise après sa mort, celle où j'avais saisi le sourire de cette femme sur son vélo. Je n'avais pas eu le temps de cadrer ni même de mettre au point, je voulais que ce visage et ce sourire succèdent à

Malik, une scène anodine mais pleine de gaieté, très éloignée de ce que je fais d'habitude. J'ai appuyé sur le déclencheur avant que le feu passe au vert et sans avoir conscience de ce qui s'étalait sous mes yeux en toutes lettres dans la chambre noire, cet immense panneau publicitaire à l'arrière-plan, sur lequel la mise au point s'était faite. Et ce panneau disait : Cet été, partez en Lituanie.

On pourrait croire au hasard, oui. Le hasard existe peut-être. Certainement. Mais quelle importance, au fond ? C'est la signification que nous donnons aux événements, le lien que nous tissons entre eux, qui est important. Et je m'étais souvenue que c'était en quelque sorte ce que ma mère avait essayé de me transmettre, sentant la fin venir. La maladie de papa avait déjà lancé son assaut, les plaques de protéines envahissaient son cerveau, mais elle était encore à la maison avec lui, bien fatiguée, ne pouvant plus s'appuyer sur l'homme avec qui elle avait traversé la vie, et elle m'avait dit pour la dernière fois L'album, Lila. S'il te plaît, apporte-moi l'album. Je le lui avais placé entre les mains mais il était trop lourd pour elle, alors je m'étais assise près d'elle et j'avais tourné les pages lentement, collée par la force des choses contre son corps frêle, mais sans répugnance pour une fois, je supportais qu'elle soit vieille et fragile et que sa peau dégage une odeur douceâtre qui me mettait le cœur au bord des lèvres le reste du temps. De temps à autre elle posait l'index sur un visage et prononçait un nom d'une voix tremblante ou se taisait. La vieille colère m'avait quittée. Peut-être parce qu'elle ne semblait plus attendre de moi que je m'intéresse à eux. Elle s'était arrêtée sur le portrait de son père. Un Juif sans âge, barbu, qui fixait l'objectif, sourcils froncés, ne sachant manifestement pas quelle expression offrir à cet œil inquiétant qui cherchait à lui voler son image. Et la voix de ma mère s'était élevée, comme surgissant d'un autre corps, pour dire Mon père m'a appris à lire la Bible, tu sais. Il faut se poser des questions sur chaque mot, et encore plus sur les omissions, sur les contradictions. Pourquoi est-il dit au chapitre premier de la Genèse que Dieu créa la lumière au premier jour, puis, quelques versets plus loin, qu'il créa le soleil et la lune au quatrième jour ? Comment la lumière a-t-elle pu préexister aux astres ? Un midrash dit que la lumière du premier jour est ce que l'on appelle la lumière des Justes. C'est celle que l'on voit à l'aube, avant que le soleil se lève, et le soir une fois qu'il est couché. Ici en France, on appelle ce moment entre chien et loup. Je préfère la lumière des Justes, et aussi la suite de ce midrash que mon père a lui-même commenté. Il m'a dit Cette lumière, c'est la lumière même de la Création, c'est l'éclair immense qui a inondé le ciel parce que Dieu était présent et que sa voix était faite d'éclairs. Oui, une voix faite de lumière. Tu sais que plus tard, dans la Bible, au moment du don de la Torah sur le Sinaï, il y a une étrange expression : les enfants d'Israël virent les voix et entendirent les éclairs. Eh bien, mon père Yehiel, ton grand-père, avait fait le lien entre ces deux passages. Il était très intelligent. Comme toi. Quand j'étais petite, j'aimais qu'il me raconte ces histoires, et puis j'ai grandi. J'ai dit que c'étaient des sottises, la vraie vie n'était pas dans ces interprétations mais dans la lutte de ceux qui voulaient l'égalité pour tous, pour les Juifs et les non-Juifs. On savait bien que le monde n'avait pas été créé en six jours, alors pourquoi fallait-il s'embêter avec des contradictions dans un texte écrit par des hommes il y a deux mille cinq cents ans ? Je l'ai quitté. Je les ai tous quittés. J'ai voulu rejoindre des camarades dans les Brigades mais je me suis arrêtée à Paris et j'ai survécu. Je n'ai jamais pensé que c'était grâce à Dieu. Sinon, il aurait fallu accepter qu'eux étaient morts à cause de lui, tu te rends compte ? Et ton père, il pensait comme moi, alors on a tout mis de côté, Dieu et ces histoires, sauf à Kippour, tu te souviens, on allait à la synagogue avec toi à Kippour quand tu étais petite. Pour nous, c'était comme aller au cimetière et être avec nos morts, même si ce n'est pas fait pour ça, Kippour. On n'allait pas à la synagogue pour Dieu mais pour nos morts, tu comprends ? Ils me manquent beaucoup, tu sais. Et mon père plus souvent que les autres. Et ses midrashim. Celui sur le *zivoug*, tu le connais ? Le *zivoug*, c'est la dualité originelle. On dit que toutes les âmes ont été façonnées deux par deux à la Création, à partir de la même matière sensible, avant d'être séparées. Depuis, elles sont à la recherche l'une de l'autre et lorsqu'elles se retrouvent, elles n'ont pas besoin de parler pour se reconnaître. Ce sont les âmes sœurs.

J'ai eu faim. Je suis allée dans une brasserie ouverte toute la nuit. Un couple s'est assis près de moi. Vingt ans chacun, tout au plus. Des visages d'un autre temps, je dirais des années 50. Étonnés par tout ce qui les entourait, délicats sans être beaux, la peau très claire. Lui portait une chemise et un pull sans manches à losanges, elle était vêtue d'une jupe à pois et d'un corsage informe qui auraient pu la vieillir affreusement. Mais leur ravissement d'être ensemble et d'être là rayonnait tant qu'on ne pouvait que les aimer et les trouver parfaits. Ils avaient une attention extraordinaire l'un pour l'autre, une forme de respect suranné. Ils posaient des questions sur les plats, les vins, écoutaient les réponses en penchant la tête pour bien saisir le sens de chaque mot, de chaque conseil, et ils ont hésité longuement avant de choisir. Entrée, plat, dessert, ils voulaient tout. Ils fêtaient quelque chose. Leur amour, leurs fiançailles secrètes, le succès à un concours. Leur virginité, qu'ils allaient bientôt abandonner. J'étais attendrie. J'étais vieille à côté d'eux et cela ne me dérangeait pas, au contraire. J'ai ressenti une grande satisfaction à être moi face à eux. Si j'avais eu leur âge, je n'aurais pas été touchée par leur jeunesse. Si j'avais été amoureuse, je n'aurais pas vu leur amour.

À quelques tables de là, il y avait un autre couple. Leurs regards se croisaient à peine. Ils attendaient qu'on leur apporte les plats avec des mines endeuillées. De temps en temps, la femme frottait ses mains comme pour les réchauffer, lançait un regard circulaire, semblait réaliser quelque chose et se tournait vers l'homme en prononçant une phrase ou deux, guettant son approbation. L'homme hochait la tête ou marmonnait. La femme ne voulait pas se résoudre à ce silence et revenait à la charge. Entre le plat et le dessert, elle se tassa sur elle-même et se tut tout à fait. Ses lèvres tremblaient. Elle frottait de nouveau ses mains et toucha à peine à son île flottante qui sombra lentement.

La table carrée du couple jouxtait une table ronde où avaient pris place un vieillard droit comme un pic, un couple d'une quarantaine d'années, un garçon et une fille entre dix et douze ans. Le vieillard s'adressait à son fils, sa belle-fille et ses petits-enfants comme un orateur face à une assemblée de disciples. Au cours de sa longue vie, il avait manifestement acquis la capacité de parler sans reprendre son souffle. Son fils parvenait à s'introduire parfois dans un silence pour émettre un avis sur ce qui venait d'être dit. Sa femme s'autorisait alors à superposer sa voix à celle de son mari qui l'écoutait à peine, et le patriarche, pas du tout, il adoptait le regard fixe d'un homme sourd. Les enfants n'existaient pas, on les avait posés là et ils restaient assis en se tenant très droit, couvant des yeux le petit pain qu'un serveur avait posé près de chacun d'eux. Le garçon croisait et décroisait les jambes sous la table, la petite fille mordillait l'intérieur de ses joues. À la fin du repas, le vieillard s'est emparé de l'addition de ses doigts fins et fripés, les lèvres affaissées dans une moue pleine de suffisance.

Les Amoureux, les Condamnés, les Otages et l'Ogre. Un concentré de vieille France désuète et romanesque. Et moi. De nouveau disponible. Curieuse. Prête à faire entrer en moi le monde, à aller à sa rencontre. Comme avant Malik. Comme s'il n'avait pas existé. Le souvenir de la douleur est sur le point de s'évanouir, les trois semaines de notre vie ensemble se désagrègent, les couleurs passent. Il m'a envahie, il s'est retiré. Je n'avais pas conscience du vide qu'il était venu combler, j'ai eu conscience du vide qu'il laissait derrière lui, de ce que cela exigeait de moi.

Je vais marcher dans Kovno et en faire une construction personnelle. Je vais m'approprier ces rues où mes ancêtres ont vécu paisiblement, aimé, jalousé, fait de petites affaires, étudié, médit, rêvé. Avant le grand massacre. Comme toujours, je ne réfléchirai pas. Je me laisserai attirer et porter, guidée par une détermination qui me dépasse, je saurai que je dois aller là mais je ne saurai pas pourquoi. Ça, je le découvrirai après. Peut-être.

Son cœur s'est arrêté de battre une fraction de seconde. Elle est orpheline, heureuse, désemparée, dans un silence cotonneux qui l'enveloppe et l'expose à la fois. Elle ne veut pas admettre que ce soit fini, que ce soient les derniers mots. Elle était tenue jusque-là, arbre fragile porté par un tuteur qui vient de s'effondrer. Elle ne sait plus à quoi se raccrocher. À sa gauche, un homme en costume anthracite et une femme en tailleur noir discutent. Ils travaillent ensemble et ont l'air d'accord sur tout : l'efficacité de leur stratégie, les innovations extraordinaires du nouveau système de vidéoconférence et l'attitude navrante d'une certaine Élodie, qui n'en fout pas une rame et serait mieux à sa place chez elle puisque, manifestement, ce qui lui plaît dans la vie, c'est d'être *mère au foyer*. La femme a insisté sur ces mots avec une ironie jubilatoire. Emmanuelle la déteste. Elle pense qu'elle devrait changer de siège, elle a l'embarras du choix. Mais pendant quelques instants, elle éprouve une joie maligne à écouter cette conversation qui ne la concerne en rien si ce n'est qu'elle pourrait en être l'objet. Elle observe les expressions très appuyées de l'homme qui répondent à celles de la femme, les mouvements secs des muscles de leurs visages. Elle éprouve pour eux un mélange de fascination et de mépris, accentué par l'émotion éclose en elle avec les dernières phrases du livre. La femme perçoit l'intérêt d'Emmanuelle pour leur conversation et la désigne d'un clignement de paupières à son interlocuteur. Allez vous faire foutre, pense-t-elle, mal à l'aise. Allez vous faire foutre, s'entend-elle dire à voix haute, le regard planté dans les yeux du type dont le sourire idiot se fige instantanément, déclenchant un rire mauvais de la jeune femme qui lui fait face. Non mais, pour qui elle se prend cette conne ? demande-t-elle, d'une voix suraiguë. Emmanuelle ne sait que répondre, elle ne sait vraiment pas pour qui elle se prend, elle pense seulement qu'elle ne veut pas leur ressembler, et qu'ils n'ont pas le droit de parler si fort dans un train si calme, que leur grossièreté en costume-cravate tailleur-talons est blessante, et que c'est en partie à cause d'eux et de leurs semblables que le monde va de travers tant de fois par jour, vidé des mots douceur, contemplation, doute, esprit, délicatesse, amour. Elle serre le livre contre elle, son sac et son billet, et elle traverse le wagon à grandes enjambées, le rouge au front, le dos transpercé par les sarcasmes de la femme, les haussements d'épaules de l'homme, les larmes se pressent dans sa gorge, et au moment où elle pose le pied dans le wagon suivant, son téléphone vibre et sonne. Elle craint de tout faire tomber en cherchant à répondre, et de s'effondrer elle-même au milieu de sa fuite, elle continue de remonter vers la tête du train, elle a traversé tous les wagons de seconde classe, ainsi que la voiture-bar, elle est à présent en première où elle se laisse tomber sur un fauteuil noir, large et confortable, se sentant soudain en sécurité, persuadée que les autres ne franchiront pas la ligne comme elle, risquant une amende ou un ajustement du prix.

Je crois que je ne vais pas très bien, pense-t-elle.

Elle voudrait ouvrir le livre, relire ces derniers passages avalés avec hâte alors qu'il aurait fallu ralentir, au contraire, mais elle est essoufflée et son cœur cogne si violemment dans sa poitrine, le sang bouillonne dans sa tête et pour lire il faut être détendu, bercé par une respiration régulière, alors elle regarde par la vitre le paysage qui défile, champs maisons arbres voitures vaches clôtures rivière pylônes éoliennes routes ciel, une succession géométrique et esthétique de laquelle émane un grand calme, tout paraît se dérouler sereinement de l'autre côté de la vitre, les silhouettes qu'elle aperçoit ont des gestes lents, comme si elles appartenaient à un autre temps, à un lieu où nul ne se presse, jamais, et elle regrette qu'aucun paysage ne soit jamais si beau que vu d'un train. Elle pose la joue contre la vitre et se laisse aller aux images qui montent en elle, et qui surgissent à la fois du livre, de la bande qui se déroule à travers la vitre, des mains de l'hôtesse qui l'a maquillée tout à l'heure dans le grand magasin, et même de l'homme et de la femme si détestables, dans la voiture numéro 7, là où elle aurait dû être assise à présent mais où elle a choisi de ne pas être, et c'est certainement cette pensée qui déclenche le tourbillon de visages et l'enchaînement des illuminations. Elle se souvient de cette nuit passée chez Héloïse il y a longtemps, peu après la naissance de Sarah, lorsqu'elle était en poste à Nantes, et Emmanuelle conviée à un séminaire. Déjà, les autres la regardaient de travers et pensaient qu'elle faisait bande à part, elle ne pouvait pas dormir à l'hôtel comme tout le monde et boire un jus d'orange chimique le matin en échangeant des blagues de potache avec les autres ? Cette propension à s'isoler était louche, ou en contradiction profonde avec l'esprit de la maison, mais elle avait tant envie de se blottir dans le canapé d'Héloïse, d'allumer des bougies parfumées et de fumer une dernière cigarette qui était en fait six ou sept cigarettes, en finissant la bouteille de vin qu'Héloïse avait ouverte pour leur repas. Leonard Cohen chantait en sourdine *Suzanne takes you down to her place near the river* et Emmanuelle parlait d'Elias, qu'elle aimait et auquel elle faisait tant de reproches, de sa mère dont elle avait oublié la voix, et de la douleur de sa mort qu'elle n'avait jamais ressentie vraiment, qu'elle cherchait en elle, qu'elle se racontait ou qu'elle avait racontée aux autres, aux rares personnes à qui elle pouvait adresser cette phrase : « Ma mère est morte quand j'avais dix ans. » Et dans l'éclair de compassion qui traversait leurs yeux elle recueillait un peu de cette consolation dont elle avait besoin mais qui ne la consolait jamais, puisque sa peine était inaccessible. C'était

Héloïse qui l'avait dit. Ta peine est enfouie, elle est inaccessible. Emmanuelle en avait eu les larmes aux yeux et Héloïse avait osé cette fois poser des questions que personne ne lui avait jamais posées, sur les souvenirs qu'elle avait de sa mère, quelle genre de femme était-ce, est-ce que tu penses que tu lui ressembles aujourd'hui, est-ce que tu en veux à ton père de ne pas être mort à sa place ? C'est la voix d'Héloïse me posant ces questions qui me manque, pense Emmanuelle. C'est son regard, quand elle m'écoutait, puis qu'elle se mettait à parler d'elle en s'excusant presque, car on lui avait appris que parler de soi est malvenu. Mais il y avait tant à dire sur ses classes, ses projets de voyage, son engagement auprès des frères bénédictins, d'Amnesty et d'ATD Quart Monde, sur cette vie qu'elle traversait seule, sans mari, sans enfants, et en donnant tant aux autres, mais c'est comme ça, répétait-elle. C'est comme ça.

Les larmes versées sur Héloïse, sur l'interruption cruelle de sa vie, sur la disparition de son regard ouvert, de sa voix et de son port de tête, étaient tombées sur le sol recouvrant le cercueil de sa mère et l'avaient trempé. Maintenant elle pouvait enfoncer ses doigts dans la terre et toucher le bois de son cercueil, et même sentir la paume de la main de sa mère dans laquelle sa petite main à elle venait se lover. Elle voyait la silhouette vivante de celle qui était morte à trente-huit ans, elle sentait sa joue contre la sienne le soir à la sortie de l'école, elle entendait son rire lorsque le père chatouillait sa taille, elle la voyait allongée sur le canapé en train de lire, délaissant les tâches ménagères qui la rebutaient, elle percevait la force des bras qui avaient maintenu sa bicyclette rose en équilibre avant de la lâcher en criant, Vas-y Emmanuelle, pédale, pédale ! Elle m'a appris ça, pense-t-elle. Elle m'a appris à garder l'équilibre. Maman, dit-elle tout bas, étourdie par le mot qui vient de franchir ses lèvres en déposant une buée sur la vitre. Maman, répète-t-elle, doucement. Je ne sais pas si je lutte depuis trente ans pour ne pas me sentir disparaître avec toi ou au contraire pour disparaître comme toi. Je t'en ai tant voulu. Et je t'aime tant.

À quelques sièges, un enfant se met à pleurer et elle regarde la mère s'évertuer à le calmer, à chuchoter des mots en rafale tout en jetant des regards rapides autour d'elle, mouchetés de sourires contrits. Emmanuelle est infiniment soulagée de ne pas être la mère de cet enfant, de ne pas devoir trouver le moyen de l'apaiser. Les autres passagers éprouvent le même soulagement, tout en feignant l'indifférence aux cris qui troublent le silence. Seul un homme aux mâchoires carrées et aux lèvres fines tente de partager son exaspération avec un complice muet, mais il n'en trouve pas. Un train croise le leur en faisant siffler l'air et trembler les vitres, dans une gifle géante. Le téléphone d'Emmanuelle vibre de nouveau et l'écran lui annonce deux appels en absence. Le premier provient d'Elias, qui n'a pas laissé de message. Le second est une voix inconnue éraillée par la colère, émanant du correspondant qui lui a envoyé le texto le matin, Putain, pourquoi tu rappelles pas ? J't'avais dit que j'étais sur le départ. J'sais toujours pas si tu viens. La voix l'horripile tant qu'elle tapote très vite un texto en réponse : Je ne viendrai pas. C'est comme ça. Cherche pas à savoir. Elle appuie sur le bouton d'envoi. Elle sourit toute seule lorsque le contrôleur entre pour annoncer, Contrôle des billets messieurs dames s'il vous plaît et elle lui tend aussitôt le sien, elle devrait être en seconde classe, c'est exact, elle peut expliquer pourquoi elle se trouve là, finalement. Elle s'est sentie mal là-bas, il a fallu qu'elle traverse le train pour respirer et c'était là, à cette place, que le malaise était en train de se dissiper, elle n'avait pas l'intention de resquiller. Ah oui mais on change pas d'avis comme ça en cours de route, gronde le contrôleur d'une voix pleine d'accents toniques. Si, répond Emmanuelle, au contraire, on change. Alors dans ce cas il faut payer, dit le contrôleur. Par chèque si vous avez une pièce d'identité ou par carte bleue. Je veux bien, dit Emmanuelle avec la même gaieté que celle qu'elle a ressentie en envoyant le texto au mufle inconnu, et tout en souriant au contrôleur qui se dit au même moment Il y a des folles partout, les femmes c'est quelque chose, elle pense qu'Elias ne lui aurait jamais parlé ainsi et ne lui parlerait jamais ainsi, c'était une certitude, il n'y aurait jamais de brutalité ou de mépris dans sa voix, de la distraction, au pire, oui, et elle se blottit mentalement dans les bras de son mari, en souriant toujours au contrôleur qui lui rend son sourire presque malgré lui, et ce sourire se répand comme une traînée de poudre dans la voiture, il se met à bondir de lèvres en lèvres, jusqu'à la bouche du petit enfant qui ne pleure plus, calmé par un sachet de pralines achetées à la gare pour la grand-mère mais ce n'est pas grave, sa mère aussi pense que la tranquillité n'a pas de prix. Le tourbillon s'accélère dans la tête d'Emmanuelle. Elle pense à son père qui n'a jamais été éloquent mais toujours présent, elle se souvient de cette nuit où ils avaient regardé, très tard, *Le train sifflera trois fois*, quelques mois après la mort de sa mère, ou peut-être quelques années mais ce qui est sûr, c'est qu'ils étaient encore tous les deux hébétés, et chaque mot qu'ils prononçaient sonnait si faux, prononcé trop fort ou trop bas, on eût dit qu'il restait à moitié dans la gorge de son père ou dans la sienne, alors Gary Cooper, héros solitaire, courageux et taciturne, prêt à affronter seul trois gangsters hargneux, ça leur allait très bien.

Il lui semblait tenir sa vie entre les mains. Passé, présent et futur rassemblés dans le même bouquet. Tout était clair, net, tout prenait sens. Ce qui lui avait manqué et ce qu'elle avait reçu, ce qu'elle était prête à donner (son temps, son inquiétude, sa gaieté) et ce qu'elle ne voulait plus vivre. Elle savait qu'elle n'irait pas voir son père, pas aujourd'hui. Cela impliquerait qu'elle s'organise très vite pour qu'Elias, ou quelqu'un d'autre, s'occupe des enfants, et elle n'avait pas envie de céder à la précipitation, de donner des coups de téléphone, de s'assurer que tout fonctionnerait sans elle. Et puis elle avait promis à Sarah d'aller la chercher à l'école avec son vélo, à Gary d'être à l'heure pour la cérémonie. Elle voulait tenir ses promesses pour eux, toujours, c'est-à-dire autant qu'elle le pourrait, le temps de l'enfance.

Mais elle savait aussi qu'elle n'irait plus travailler chez « Adenxia, études et management », qu'elle appellerait demain pour le leur dire : elle ne mettrait plus les pieds là-bas. Jamais. On ne juge personne pour ça, on n'envoie pas les gens en prison pour ce genre d'insoumission, et tant pis s'il y avait un prix à payer, ou tant mieux, elle voulait désormais vivre sa vie avec la sensation de la terre mouillée après la pluie, fraîcheur et promesse s'élevant dans la brume.

Depuis toute petite, avant la mort de sa mère, mais bien plus encore après, son cœur avait appris à battre au rythme des pages tournées, et si sa vie ne lui semblait pas toujours digne de ses rêveries, si elle ne pouvait pas tout changer, tout abandonner, y compris elle-même, elle pouvait au moins briser le carcan de ce travail insipide, prendre le temps de vivre, de regarder autour d'elle et en elle, de faire de la place pour ce qui lui tenait à cœur. Il lui fallait quelques semaines, quelques mois, pour accorder sa vie comme on accorde un instrument. Pour trouver ce qui la comblerait, lui permettrait de vivre et de faire vivre. Elle deviendrait libraire, peut-être, ou bibliothécaire.

Emmanuelle eut soudain envie d'écarter les bras et d'embrasser tous ces inconnus qui partageaient la même voiture qu'elle et que, pour des raisons confuses mais enivrantes, elle se sentait capable d'aimer, comme elle avait aimé Héloïse, comme elle aimait Elias, comme elle aimait Sarah, comme elle aimait Gary, comme elle aimait Tim, et comme sa mère l'avait sans doute aimée.

Elle arriva à l'heure à l'école de Sarah. Essoufflée, les joues roses, les yeux brillants, penchée pour maintenir le vélo de la petite en équilibre.

Elle arriva à l'heure à la crèche, et aussi à la cérémonie à l'école de Gary. Tous les enfants portaient des chemises blanches. Même les plus agités et frondeurs ressemblaient à des anges. Ils chantèrent un *Chant des Marais* qui arracha des larmes à bon nombre d'adultes présents. Une fillette se signait compulsivement en agitant les lèvres, les yeux humides.

D'une voix tremblante la directrice fit l'appel des sept enfants de l'école déportés « parce que nés juifs ». L'adjoint au maire, un homme rougeaud qui ne cessait de s'éponger le front, fit un discours tragicomique où il remercia la Carole, euh, la chorale des enfants d'avoir si bien chanté. Il termina sur cette phrase sibylline énoncée avec l'énergie d'un commentateur sportif : Mes enfants, et maintenant, Auschwitz est à vous !

À quelques mètres d'Emmanuelle, la dame rousse au bonnet blanc, croisée chaque matin, tenait la main de son fils, qui remarqua le livre qu'Emmanuelle serrait toujours contre elle. Il fit un geste dans sa direction et murmura à sa mère Maman, la dame lit ton livre. Emmanuelle était trop loin pour l'entendre, et elle avait les yeux embués de larmes, mais, comme chaque matin, elle lui sourit.

Merci infiniment à Laurence Renouf et Alix Penent d'Izarn qui soutiennent, encouragent, éclairent, avec une générosité rare et précieuse.

COMPOSITION : NORD COMPO MULTIMÉDIA
7 RUE DE FIVES - 59650 VILLENEUVE-D'ASCQ

CPi BUSSIÈRE

Cet ouvrage a été imprimé en France par
CPI Bussière
à Saint-Amand-Montrond (Cher)
en décembre 2010.
N° d'édition : 104011. - N° d'impression : 101604.
Dépôt légal : janvier 2011.